パール文庫

怪奇人造島

柾史 著

真珠書院

目次

一　怪汽船と怪老人

◇どろぼう船

冷凍船虎丸《タイガーまる》には、僕（山路健二）のほかに、もう一人ボーイがいた。それは、南京《ナンキン》生れの陳秀峰《チャンチューホー》と、自ら名乗る紅顔の美少年だ。

ピコル船長附《つき》のボーイだから、僕のような、雑役夫《ざつえきふ》にひとしいボーイと、めったに話合う機会もなかったが、船が函館《はこだて》港を出帆し、北上してから三昼夜目、すでに北千島圏内に入ったある日、後甲板で、二人は、ひょっこり出会った。すると、陳《チャン》君は、流暢《りゅうちょう》な日本語で、僕にそっと話かけた。

「カナダのH・G汽船会社の所属船が、どうして、僕等のような東洋人を雇うのか、君は、知っているかい」

まるで、少女のように優しい声だ。僕は、何となく親しみを覚えて、

「それは、東洋人は、安い給金で雇えるからだろう」

「うん、それもある。だが、もっと他にも理由《わけ》があるよ。だいち、この船は、どゝろゝぼゝうゝ船《ぶね》だってことを、君は、知ってやしまい」

「え！　どろぼう船？」

「叱《し》ッ！……この船はね、表面は、カナダから日本の北千島へ、紅鮭《べにざけ》を買いにいく冷凍船とみせかけているが、じつは、千島の無人島で、ラッコやオットセイを密猟する、国際的どろぼう船なのさ」

「へえ。じゃ、僕等も、どろぼうの手下にされたのかい」

「まアそうだ。しかも、さんざ、コキ使ったあとで、密猟が終り、満船して本国へ帰る途中、臨時に雇った水夫や、君たちのようなボーイを海ン中へ放り込んでしまうに都合がいいからだよ。つまり、東洋人を人間扱いにしていないのだ」

「どうして、海ン中へ放り込むのさ」

「この船の船員は、みんなピコル船長の乾児《こぶん》だろう。だから安心だが、臨時に雇った水夫やボーイたちは、上陸すると、この船の悪事を、みんな洩《もら》してしまう。それが怖《おそ》ろしいので、毎年横浜や函館で、東洋人の水夫や、ボーイを雇って、北洋へ連れて往《い》き、うんとコキ使って、不用になると、帰航の途中、海ン中へ放り込んでしまうのだ」

僕はこれをきくと、おもわず、義憤の血の湧《わ》き立つのを覚えた。

「ひどいことをするなア。こんな船に、一刻も乗ってられやしない。途中で、脱船しなくちゃ……」

「そうだよ。僕は、毎日そのことを考えているのさ」

「だって君は、船長に可愛《かわい》がられているから、海ン中へ放り込まれる心配は無いじゃないか」

「いや、僕も東洋人だ。同じ東洋人のために、兇暴《きょうぼう》な白人と戦わねばならない」

陳君は、昂然《こうぜん》と肩を聳《そび》やかした。

それにしても、どうして、この怖ろしい密猟船を脱することが出来ようか。

◆脱船か奪船か

虎丸《タイガーまる》は、案の定、北千島の無人島オンネコタン島近海で、白昼公然とラッコやオットセイを密猟した。それから、日本の極北パラムシロ島近海へ往《い》って、何食わぬ顔で、日本の漁船から、紅鮭《べにざけ》をうんと買込んで、ラッコとオットセイといっしょに、冷凍室に詰込んでしまった。

それは、日本の監視船や、警備艦の眼を、巧みに脱《のが》れるためだった。こうしておいて、ふたたび、千島の無人島を荒し廻ろうというのだ。

虎丸《タイガーまる》が、パラムシロ近海を去って南下したのは、八月上旬だった。そして、数十海里南西のアブオス島に向った。この沿岸は、ラッコの棲息地《せいそくち》として名高いし、また洋上には、オットセイが、おびただしく群游《ぐんゆう》する。白人の密猟者にとっては、千島第一の猟場なのだ。

虎丸は、アブオス島沖に仮泊すると、いよいよ最後の密猟を開始した。五艘《そう》の端艇《ボート》は、早朝から、海霧《かいむ》を破って猟に出かけるが、夜半には、いずれも満船して戻ってくる。船長はじめ、乗組員たちはハリ切っている。哀れな臨時雇の水夫たちも、あとで海ン中へ放り込まれるとは知らずに、やはりハリ切っている。

こうして、祖国の領海が、白人密猟者のために、さんざ荒されるのを傍観して、僕は、おもわず、腕を扼《やく》し、義憤の涙に瞼《まぶた》を濡《ぬ》らすのだったが、多勢に無勢、なんとも手の下しようがない。ある朝、船長はじめ、みんなが、相変らず猟に出かけたあとで、陳《チャン》君は、船長室からやってきて僕に耳打ちした。

「君、奴等《やつら》の密猟も、あと二、三日だぜ。いまのうちに何とかしないと、生命《いのち》があぶないぞ」

「うむ。僕も、あせっているが、妙案がないので弱っている。僕は、最後の手段として、火薬庫に忍込んで、日本の領海を荒し廻るこの船を、一挙に爆破してやりたいくらいだ」

「なるほど……。だが、爆破したら、君も僕も、木葉微塵《こっぱみじん》になってしまうじゃないか」

「仕方がない。みすみす奴等に殺されるよりか……」

「爆弾勇士は、僕は、不賛成だ」

「え！　どうして？」

「もっと、旨《うま》い考えがあるからさ。僕なら、この船を奪ってやるよ」

「へえ、船を奪う？……。いったい、そんなことが出来るかい」

「出来るとも、見ていたまえ」

陳君は、確信ありげにいうが、彼とて、たかが船長附《つき》のボーイではないか、お茶を運んだり、靴《くつ》を磨いたり、寝台の毛布を畳《たた》んだりする役目のボーイが、この千五百噸《トン》級の汽船を、海賊たちから易々《やすやす》と、奪うことが出来るものか。

「どうして、この船を奪うのさ」

「なアに、わけはないよ。今から、君は運転士になればいいのさ。僕は、機関士。いいだろう。奴等の留守の間に、二人で、この巨船を動かして、一路横浜へ凱旋《がいせん》するンだ。愉快じゃないか」

「なるほど、海賊たちを、北洋に置去りして、そのまに横浜へ往くのか。こいつは妙案だ」

僕は、陳君の奇計に、おもわず手を拍《たた》いた。が、考えてみると、この奇計も、やっぱり、少年だけの智慧《ちえ》しかないとおもった。

「僕も君も、素人《しろうと》だぜ。この巨船を運転することが出来やしないじゃないか」

陳君は、微笑《ほほえ》んだ。

「君は、むざむざ、太平洋の真ン中で、鱶《ふか》の餌食《えじき》になりたいのか」

「いや、そいつも真《ま》ッ平《ぴら》だ」

「じゃ、僕の計画どおりにしたまえ。君は、一等運転士、そして、僕は、機関士。いいかい。僕は、すぐに機関室へ降りて往って、機関《エンジン》を動かすぜ。絶好の機会だ」

陳《チャン》君は、勇躍一番、そのまま、甲板から姿を消してしまった。

◇あッ！　機関が停《とま》った

僕は、一等運転士を押付けられて、さすがに不安だった。船には、僕等のほかに、当番水夫が四、五人残っているだけだった。それだけの人数で、この巨船を横浜まで回航できるだろうか。素人《しろうと》だけで、こんな汽船を動かせたら、それこそ奇蹟《きせき》だろう。が、運転室におさまってみると、急に緊張し、さすがに責任を痛感した。

「よしッ！　死んでも、横浜まで往《い》ってみせるぞ」

僕は、ハンドルを握った。コンパスや海図と睨《にら》めっこして待っていると、やがて、機関室へ降りて往った陳《チャン》君が、出帆を僕に促すために、不意に勇ましく汽笛を鳴らした。

ボー。ボー。ボー……。

余韻《よいん》は長く、北洋の空に響いたが、それは、白人の密猟者に挑戦する、進軍ラッパのようだった。

果して、汽笛の音を聞きつけると、彼方《かなた》の入江、此方《こなた》の島影から、端艇《ボート》が姿を現わし、本船目指して漕《こ》ぎ寄せてくる。

「おーい」「おーい」

と、船長はじめ、乾児《こぶん》たちは、声のかぎり絶叫し、死物狂いにオールを漕いでくる。

「ざまア見ろ、みんな無人の孤島で餓死してしまえ」

僕は、愉快になって、ハンドルを力いっぱい回した。素人運転士の僕だが、白人を克服せんとする意気で、柔腕《やさうで》にもかかわらず、千五百噸《トン》の巨船が自由自在に動き、舵機《だき》も、スクリウも、僕の命ずるがままになってくれる。同じ素人の陳君も、旨《うま》くやってくれているとみえて、機関の音も軽快に響いてくる。

船首は、南々西に向っている。速力は十四、五節《ノット》はあろう。北洋の三角波を、痛快に破って快走をつづけた。みると、置去りを食った海賊たちは、端艇のうえで、手を挙げ、足を踏み鳴らして去り往く本船に追い縋《すが》ってくる。

「おーい」「待ってくれい」死物狂いの叫びだ。僕は、いよいよ愉快になって応酬してやった。

「やーい。口惜《くや》しかったら、泳いで来い」

そのまに、彼我《ひが》の距離は、またたくまに遠ざかり、やがて、五艘の端艇《ボート》は、海霧《かいむ》の彼方《かなた》に姿を没してしまった。船長ピコルはじめ、海賊たちは、どんなに口惜しがっていることだろう。地団太《じだんだ》踏んで、わめき立てているさまを想像すると、滑稽《こっけい》でもあった。二時間ほど、盲目滅法《めくらめっぽう》に快走をつづけたが、どうしたことか、左手に島影も発見できない。コンパスや海図と睨めっくらしてたしかに、北千島列島を左にして、南々西に針路を向けているのだから、次の無人島を左手に眺望できなければならぬ。海図では、アブオス島の南方には、マカルス島が連なり、それからオンネコタン、カアレンコタン、イカルマなどの諸島が、飛石のように列《なら》んでいるのであるからもう島影を発見しなければならぬが、相変らず茫漠《ぼうばく》たる水また水である。

「はてな。もしかしたら、舵機も、スクリウも、僕のいう通りにならないのかしら」

そうおもうと、不安は、刻々にましてくる。このまま、針路を誤り、航行をつづけるならば、世界の果ての魔の海へまでも往ってしまうかしれない。

が、そんな不安はまだ生優《なまやさ》しかった。やがてのこと、不意に、船の心臓ともいうべき機関の音がピタと停《とま》ってしまった。

「あッ！」僕は、おもわず失策《しま》った！　とおもった。

◆水葬にしろ

素人機関士の陳君《チャン》が、船橋《ブリッジ》を駈《か》け登って来た。

「山路君。とうとうやっちゃったよ」

「えッ！　何をやった？」

「機関《エンジン》が急に停《とま》ったのだが、どこが故障か、てんで解《わか》らないよ」

「そいつは、困ったなア」

「僕が、機関の故障を発見できないくらいだから、君にだって解るはずはないし、もちろん、水夫たちにも解るまい。……山路君、仕方がないから、運を天に任《まか》して漂流しよう」

「まア、それよりほかに、手段もないじゃないか」

僕は、未練にもまだハンドルを握っている。それをみて、陳君は、

「とにかく、機関が停っては、君がここに突立って、コンパスと睨《にら》めっくらしていたって無駄さ。船長室へ往《い》って、午睡《ひるね》でもするさ」

二人は、悄然《しょうぜん》として階段を下りた。

中甲板をおり立つと、どこにいたのか、五人の水夫が、不意に現われて、二人の前に立《たち》塞《ふさが》った。

「停れ《ストップ》――」太い低音《バス》で叫んだのは、髪の縮《ちぢ》れた、仁王のような安南人《あんなん》だ。右手を突出《つきだ》し、ピストルの銃口を二人の胸に向けた。

「やい小僧。てめえたちは、とんでもねえことをしてくれたな。さア、はやく機関を動かせ」

陳君は、落着払って、

「故障で動かないのだ。このうえは、潮流に乗って漂うまでさ」

「漂流?……よろしい。……で、小僧、てめえたちは、このピストルが怖《こわ》くはねえのか。

怖かったら、乃公《おれ》に降伏しろ」

「降伏？」

「そうだ。本船では、乃公が一番の強者だ。何故《なぜ》なら、乃公はピストルを持っている。そこで、強者の乃公は、ピコル船長に代って、今から船長様だ。てめえたちも、乃公の命令に従うがいい」

「黙れ！　縮毛《ちぢれげ》。船長は、この僕だ。おまえこそ、われわれ二人の部下じゃないか」陳君が、肩を聳《そび》やかすと、縮毛の大男は、大口開いて笑った。

「ワハ……。小僧、大きく出たな。だが、いくら力んでも、どうにもならんさ。この船の宝物は、乃公のものだ。絶対に手を触れることはならぬ」

「うぬ！」陳君は、隙《すき》をみて、縮毛の大男の右手を叩《たた》きつけた。

「あッ！」ピストルは、甲板に落ちた。僕は、素早くそれを拾おうとしたが、同時に荒鷲《あらわし》のような手がそれに伸びた。

「何を！」

「やるか」僕と、べつな水夫とは、野獣のように組打ちとなった。

「さア来い。小僧！」

「何を！　大僧！」

陳君と縮毛の大男も、その場で格闘をはじめた。他の水夫たちも、これを傍観しなかった。二組の格闘のうえに、折重なって、烈《はげ》しい乱闘となった。

が、二人は、衆寡敵《しゅうかてき》せず、忽《たちま》ち甲板上で、荒くれ水夫たちに組敷かれてしまった。

「太い小僧だ。銃殺にしろ。……いや、それよりか、一束にして、水葬にしてしまえ」

縮毛の大男は、怒号した。

水夫たちは、麻縄《ロープ》を持ってきて、僕と陳君を一緒にして、ぐるぐる巻にしてしまった。

僕も陳君も、観念して、もう抵抗はしなかった。白人海賊たちの手で、海ン中へ叩き込まれる代りに、こんどは、中国や安南の水夫たちのために、同じ水葬の憂目《うきめ》をみなければならないのか。

◆中甲板の乱闘

いよいよ、生きながら水葬にされるのだ。僕は、眼を瞑《つむ》った。と、このとき、水夫の一人が、縮毛《ちぢれげ》の大男に向って、念を押した。

「で、何かい。冷凍室のラッコの分配は、どういうことになるンだ」

縮毛の大男は、空嘯《そらうそぶ》いた。

「船長の乃公《おれ》の自由さ」

「何に！　てめえが船長だと？」

「むろんさ。ピコル親分に代って、きょうから乃公が船長様だ。つまり、この船で一番強い人間が、宝物を独占していいわけだ」

「よし！　じゃ誰が一番強いか、腕ずくでいくか」

「やるか！」

縮毛の大男と、若い水夫とが、野獣のような唸《うめ》きを立てて、たちまち、肉弾相搏《にくだんあいう》つ凄《すさ》まじい格闘をはじめた。慾《よく》の深い水夫たちは、二人の勝敗如何《いか》にと、血眼《ちまなこ》になってこの格闘を見守っている。

「う……」若い水夫は、低い唸《うめ》きを立て、縮毛の大男の胸に打かっていくが、そのたびに、甲板に投げ飛ばされた。

「おのれ！」

起《た》ち上って、また突進すると、面倒なりとばかり、大男は、怪腕を揮《ふる》って、若い水夫の顔面に一撃を加えた。

「あッ！」

そのまま、鮮血に染って倒れるやつを、足をあげて、脇腹《わきばら》を蹴《け》ると、急所をやられたか、そのまま息絶えた様子。このさまを見て、他の水夫——頬《ほお》に創痕《きずあと》のある物凄《ものすご》い男が、

「よしッ！　兄弟の仇《かたき》だ！　来い」と、叫んで、縮毛の大男に突進した。が、これも、たちまち、血だらけになって、その場にへたばってしまった。

「口ほどもねえ奴等《やつら》だ。さア、われとおもわん者は、来い！」縮毛の大男は、仁王立ちになって、四辺《あたり》を睨《にら》め廻したが、この勢いに辟易《へきえき》してか、誰もあとに続くものがない。

「誰もいないか、自信のある奴がなければ乃公《おれ》が一番強いのだ。腕ずくで、宝物は乃公の自由にするまでさ」が、このとき、背後にいた水夫の一人が、二、三歩前に進み出で、

「いや、船長は、この乃公だ」と、力強く叫んだ。

「何に！　どいつだ」

縮毛の大男が、振りかえった途端。

ズドン！　と一発、銃声が起った。

「あッ！」胸を射貫《いぬ》かれて、大男は、もろくも、甲板に殪《たお》れてしまった。

ピストルを握った、豹《ひょう》のような水夫は、続けさまにピストルを乱射した。そして、中甲板を逃げまどう残りの水夫の背後《うしろ》に、一発お見舞申してしまった。甲板は血に染《にじ》み、四人の水夫の屍骸《しがい》が散乱した。ピストルを握った水夫は、会心の笑《え》みをうかべて独言《ひとりご》った。

「これで、きれいさっぱりした。宝船の主人は、つまり、この乃公《おれ》だ」

彼は、麻縄《ロープ》でぐるぐる巻にされ、甲板に転《ころ》がっている僕等に気がつくと、また、険しい眼付で、ピストルの銃口を向けた。

「待ちたまえ」僕は、落着払って云《い》った。

「何だ！」

「僕等は、冷凍室のラッコなど欲しかないよ、……何よりも、君の勇気に感心した。改めて君の部下になろう」

「……」

豹《ひょう》のような水夫は、豹のように、疑深く、なおもピストルを、僕の胸に擬《ぎ》したままだ。

「ね、君！　この船は、機関《エンジン》の故障で航海が続けられないのだぜ。つまり、漂流船だ。この先、何十日、何百日、海洋を流されるかしれないじゃないか。僕等まで射殺して、たった一人で、太平洋を漂流するなンか、心細いだろう」

豹のような水夫は、肯《うなず》いて、僕等の麻縄を解きはじめた。

◆怪老人の冷笑

麻縄を解かれて、やっと自由になった。僕も、陳《チャン》君も、雀躍《こおどり》して、中甲板を飛び廻った。と、豹《ひょう》のような水夫は、何をおもったか、不意にまた、陳君の背後に、ピストルの銃口を向けた。

「あッ！　あぶない」

僕は、おもわず絶叫したが、すでに遅かった。兇暴《きょうぼう》な水夫の放った一弾が、陳君の左肩《さけん》を貫通した。

「あッ！」

と一声、悲鳴をあげて、陳君は、よろよろとその場に倒れてしまった。

「卑怯《ひきょう》だ！」

僕は、水夫を睨《にら》みつけながら、駈《か》け寄って陳君を抱いた。

「しっかりしろ。傷は浅いぞ」

血に染った陳君は虫の息で、

「や、山路君。……く、口惜《くや》しい」

「しっかりしろ」

「おなじ、東洋人に、や、やられるとは、……く、口惜しい」

「陳君！　か、讐《かたき》は討ってやるぞ。しっかりしろ」

「た、たのむ……。もう、僕は、だ、駄目だ……」

陳君は、僕の手を、かたく握り締めたが、しだいにその力が失われ、ぐったりとなってしまった。

「しっかりしろ」

僕は、猛然と立ち上った。

「何故《なぜ》、罪の無い陳君を射殺《うちころ》したのだ」

豹のような水夫は、ピストルを、僕の胸板《むないた》に突《つき》つけたまま、

「陳の奴《やつ》は、油断がならねえからやっつけたのだ。小僧、てめえだけは、たすけてやろう」

「いや、断じて妥協はせんぞ。陳君の讐を討ってやろう」

「ハハハハハ。無手《むて》で、このピストルに立向うつもりかい。いくら、日本の少年でも、そいつはいけねえ。乃公《おれ》に降伏しろ」

「黙れ！　日本男児の、鋼鉄《はがね》のような胸を、射貫《いぬ》けるものなら、討ってみろ」

「ハハハハハ。慈悲をもって、たすけてやろうとおもったが、陳と一緒に、冥途《めいど》へ往《い》きていなら、一思いに眠らしてやるさ。観念しろ」

　豹のような水夫は冷笑をうかべて、ピストルの引金に指をからませた。

　と、このとき、何処《どこ》からか、不意に、

「ワハハハハハハ」

　と、突破《つきやぶ》ったような笑声が起った。それは、豪快な笑いにかかわらず、僕にも、豹《ひょう》のような水夫にも、死人の笑いのように冷たくきこえたので、振りかえった。

　おおそこには、いつのまに現われたのか、船室の降り口のところに、白衣《びゃくえ》を着た、白髪の老人が、亡霊のように立っているではないか。しかも、彼は、歯の無い口を開いて、

「ワハハハハハハ。おまえたち、甲板のうえで、生命《いのち》のやり取をしても無駄だろうぜ」

　と、不気味に、冷たく笑った。

「てめえは、誰だ」

　豹のような水夫は、恐怖におびえた眼で、怪老人を睨めつけながら云《い》った。

「わしこそは、この船の主人じゃ。おまえたち、生命のやり取を、止《や》めて、はやく、この船を退散しろ」

「何を！」

水夫は、こんどは、亡霊のような怪老人に、ピストルを向けた。

「ワハハハハハ。若いの、そいつは無駄さ。おまえが、わしの胸を射貫《いぬ》いても、この船には長く居《い》られまいぞ」

「え！　何故だ」

「船底の、火薬庫が、あと三分で、爆発するだろ」

「えッ！」

「わしは、たった今、火薬庫に、導火線を投入れ、その先に火を点《つ》けて来たのさ。導火線は、あと三分。いや二分で、燃え尽きるだろう」

「えッ！」

豹のような水夫は、これをきくと、反射的に駈け出した。たぶん、端艇《ボート》を探し廻ろうというのだろう。だが、端艇は一艘《そう》も本船に残っていない。これに気がつくと、水夫は、真《まっ》蒼《さお》になって顫《ふる》え上った。

僕は、このまに船橋《ブリッジ》の柱に架けてあった浮袋《ブイ》を外《はず》して、それを身に着けた。何しろ、あと二、三分で、一千五百噸《トン》の汽船が、爆破して、木葉微塵《こっぱみじん》になるのだ。愚図愚図《ぐずぐず》していられない。僕は、素早く浮袋を身に着けると、そのまま、身を躍らして、海中に飛込んだ。

このさまをみた、豹のような水夫も、急いで、浮袋を身に着けると、僕にならって、海中へ身を躍らした。

◆亡霊の仕業か

北太平洋の浪《なみ》は、さすがに高かった。

僕も、水夫も、巨浪《おおなみ》に翻弄《ほんろう》されながら、懸命に、本船から遠ざかろうと努めた。

が、二分経《た》っても、五分過ぎても、冷凍船虎丸《タイガーまる》の火薬庫は爆発しそうにもなく、本船は悠々潮流に乗って、可成《かな》りの速さで、僕等を遠ざかって往《い》く。しかも、甲板のうえでは、白衣の怪老人は、僕等を見送りながら、相変らず、冷笑をうかべている。

「失策《しま》った！」

僕は、おもわず叫んだ。

「ど、どうした？」

水夫は、飛沫《しぶき》を避けながら、僕の方へ近寄ってきて訊《たず》ねた。

「あの、怪老人に、一杯喰《く》わされたぞ」

「うむ」

「火薬庫が、一向に爆発しないじゃないか。あの怪老人、うまく僕等をだましたのだ」

「なるほど……」

水夫は、今になって、しきりに感心している。

「こうなれば、船に泳ぎついて、あの怪老人を退治してやらねばならん」

僕は、巨浪に逆《さから》って、抜手を切った。水夫は、そのあとを追って、

「だが、船は、潮流に乗って、あの速さで走っているぜ。とうてい追いつけまいよ」

「だが、口惜《くや》しい。あんな、老人にだまされたかとおもうと……」

「それに、あの老人は、ひょっとすると、亡霊かもしれんぜ」

「どうして?」

「だって、本船には、最初からあんな老人が乗組んでなかったはずだ。……そ、それに、乃公《おれ》ア見たが、あの老人には、足が無かったようだぜ」

「そんなことがあるものか。亡霊など出てたまるものか」

「いや。虎丸《タイガーまる》は、これまで北洋で、たくさんの東洋人を殺したので、その亡霊が、老人の姿になって現われたのだろう。乃公は、たしかに見たよ。あいつには、足が無かった」

「じゃ、亡霊が、何のために、僕等を、船から追出したのだ」

「亡霊だって、冷凍室のラッコが欲しいだろう」

「そんな、莫迦《ばか》なことがあるものか。亡霊が、ラッコの皮を売ってどうするンだ」

「なるほど、そいつもそうだ」

　水夫は、肯《うなず》いたが、しかし、怪老人の姿をおもいうかべると、ぞっとした。果して亡霊だろうか、仮面の怪人物か。その謎《なぞ》の解けぬうちに、虎丸は、僕等とは、可成《かな》り距《へだた》ってしまった。およそ、十数分も経ったが、火薬庫など爆発しやしない。潮流に乗って、悠々と、南々東を指して流れて往く。

　僕も、水夫も、北太平洋の真ン中に、置去りにされてしまったのだ。しかも、浮袋《ブイ》一つに生命《いのち》を托《たく》して、ひょうひょうと巨浪に翻弄《ほんろう》されている。

　もうすでに夕暮だ。赤い太陽が、西の空に沈もうとしている。海は、黄金を撒《ま》いたように輝いているが、それを眺めて楽しむどころではない。夕方でも、この寒さだから、夜になったら、一層寒さが加わるだろう。水が刃《やいば》のように肌を刺し、僕等は、明日を待たず、凍死するにちがいない。

「ひでえことになったなア」

　豹《ひょう》のような水夫も、さすがに心細くなったとみえ、今はもう、もぐらもちのように意気《いく》地《じ》がなく、浪に乗り、浪に沈みながら、悲鳴をあげている。

「ああ。ああ……」

そして、いつのまにか、僕との距離が遠ざかってしまった。

「おーい」

といっても返事がない。

「しっかりしろ」

振りかえって叫んだが、もはや、姿も見えなかった。虎丸は何処《いずこ》と、顔をあげてみたが、もうそれも僕の視野から消え失せてしまった。

僕は、只《ただ》一人、浮袋《ブイ》に身を托して、涯《はて》しない洋上を、浪に漂わねばならないのだ。

二　抹香鯨《まっこうくじら》と人造島

◇海の怪物

その夜半。真暗な洋上で、僕は、何物かに、頭をコツンと叩《たた》かれたような気がして、はッ！　として、失いかけていた意識を、取返すことができた。

「おや！　何だろう」

手探りに、四辺《あたり》を探ると、怪物は、ふたたび僕の頭をコツンと叩いた。

「畜生《ちくしょう》！　誰だ」

が、手に触れたものは、変に冷たい、大きな、妙に不気味な怪物だった。

「岩礁かな」

とおもったが、撫《な》で廻してみると、いやにつべつべした代物《しろもの》だ。

「動物のようなだぞ」

だが、動物にしては、これはまた、変に茫漠《ぼうばく》として大きい。

「何でもいい。気力を失って、凍死しかかっている僕の頭を、コツンと叩いて意識をかえしてくれた怪物は、僕の生命《いのち》の恩人だ。ありがとう」

僕は、心からそう感謝して、怪物の肌を撫で廻した。すると、それは海の怪物海馬《とど》か、海象《せいうち》か、鯨といった感じである。

「あッ！　いけない。海馬や鯨だったら、こうしてはいられない。いまに尾鰭《おびれ》で一つあおられると、参ってしまう。こいつは剣呑《けんのん》剣呑……」

そこで、周章《あわ》てて、怪物の身辺を離れた。が、離れて暗闇《くらやみ》の海に漂うと、やっぱり心細い。気力を失いかけている僕は、このまま数時間、寒汐《さむしお》に漂うたら、ふたたび意識を失ってしまうだろう。

「よしッ！　海馬でも、海象でも、何でもいい。そいつの背中を借りて、一息入れるとしようか」

僕は、またも、怪物に近づいた。そして、小山のような背中によじ登ろうと試みた。海馬や、海象なら、こうして僕に、いくたびか取縋《とりすが》られると、うるさくなって、海へもぐり込むにちがいない。だのに、一向気にもとめず、僕の為《な》すままに任《まか》している。

「こいつア、海馬や、海象よりも、もっと大きな怪物かもしれんぞ」

僕は、いくたびか辷《すべ》り落ちて、やって、怪物の背中へ這《は》い上ることが出来た。そこは、やはりつべつべしているが、小丘のように広い。足もとに気をつけて、歩いてみると、可《か》成《な》りある。

「駆逐艦《くちくかん》ぐらいあるぞ。鯨かな」

僕は、不安におもったが、ええままよとばかり、怪物の背中で肘《ひじ》を枕に横になった。鯨なら、やがて海底へ沈んでしまうだろう。そのときは、それまでだ。一緒に海底見物と洒落《しゃれ》ようか。

僕は、そんな暢気《のんき》なことを考えて、悠々と怪物の背中で横になってみたが、怪物は、一向に海底へ沈んで往《い》く様子もない。僕をのせたまま、潮流に乗って、何処《どこ》へか流されて往くようだ。

怪物の背中に横になっていると、夜風が肌を刺すようだ。しかし、浮袋につかまって、巨浪《おおなみ》に翻弄《ほんろう》されているのとちがって、飛沫《ひまつ》を浴びることもなければ、手足を動かすこともいらない。濡鼠《ぬれねずみ》になって寒いが、極度に疲れているので、いつか睡気《ねむけ》を催して来た。

「眠って転げ落ちたら大変だ」

そうおもいながらも、うとうととなる。そこで僕は、怪物の背中で、腹這《はらば》いになった。これなら、なかなか転げ落つることもあるまい。

僕は、正体のわからぬ怪物の背中で、そのまま、深い眠りに落ちてしまった。

◇あッ！　氷山？

幾時間眠ったろう。ふと眼が醒《さ》めた。

朝の太陽が、僕の背中をあたためてくれた。

「おお、こいつは、素敵素敵《すてき》」

僕は、怪物の背中に起き直って、四辺《あたり》の景色を眺め入った。相変らず、水また水の、茫々《ぼうぼう》たる海原だが、いつか北洋の圏内を去ったとみえて、空気も爽《さわや》かで、吹く風も暖かだ。もう、凍死することはあるまい。だが、まだ怪物の背中に乗っかっているのだ。幸い、ゆうべは、怪物も、海中へ沈まずにいてくれたから、たすかったようなものの、何時《いつ》、もぐり込むかわからぬ。眼が醒めて、元気づくと、こんどは、怪物の背中にいることが不安になって来た。

「それにしても、怪物は一体、何物だろう」

僕は、怪物の正体を突止めるために、背中を歩き廻った。なるほど、駆逐艦《くちくかん》ほどもある大きさだ。歩きながら、よく見究めると、やっぱり鯨だった。大きな抹香鯨《まっこうくじら》だった。しかも、鯨の奴《やつ》、白いお腹《なか》を上に向けて、悠々潮流に乗っている。

僕は、ゆうべから、抹香鯨のお腹の上に眠っていたのだった。

「なアんだ。お腹の上にいたのか」

僕は、可笑《おか》しくなってひとりで笑った。が、考えてみると、鯨がお腹を上に向けて泳いでいるわけはない。僕は、やっと怪物の謎《なぞ》を解くことが出来た。

「ああ、そうだ。こいつは、鯨の屍骸《しがい》だったのか。どうりで、僕を竜宮へ連れて往《い》かなかったはずだ」

それがわかると、少しつまらなくなった。けれど、鯨の屍骸なら、結局安全だ。竜宮へ連れて往ってくれないかわりに、こうして漂流しているうちに、やがて、捕鯨船に発見されるだろう。

「まずまず安心」

そこで、僕は、また、鯨のお腹の上で横になろうとして、ふと、左手はるかに瞳《ひとみ》を投げると、おもわず、

「おや！」

と叫んだ。そのおどろきも当然、はるか南東の洋上に、ふしぎな島が、うかんでいるで

はないか。しかも、その島は純白で、朝陽《あさひ》をいっぱいにうけて、銀色さんぜんと輝いているではないか。

「島かな。帆船かな。それとも氷山かな」

だが、氷山が、こんな暖かい風の吹く海洋まで流れてくるはずはない。では、貝殻の島かもしれない。貝殻や鳥糞《ちょうふん》が、島嶼《しま》のうえに堆積《たいせき》して、白い島にみえるのもある。けれど、その白さとちがって、あの銀色さんぜんと輝いているところは、どうしても氷山だ。可笑《おか》しい。どうして、氷山が、こんな暖かい海洋へ流れて来て溶《と》けないのかしら。

ふしぎにおもって、なおもよく見入っていると、僕を乗せた鯨の屍骸は、どうしたことか、いつのまにか、急速力を出して、かの氷山を目指して進んでいるではないか。

「おや、いよいよ可笑しいぞ。鯨が生き返ったのかしら」いや、生きたのではない。鯨の屍骸は、狂おしく迅《はや》い潮流に乗って、矢のように走り出したのだ。しかも、その方向は、はるか彼方《かなた》に浮ぶ氷山を目指している。それが磁石に吸いつけられるように、かなりの速力で氷山に近づいているのだ。

「こいつは剣呑《けんのん》！　あの氷山に正面衝突してみろ、鯨諸共《もろとも》、僕の身体《からだ》も木葉微塵《こっぱみじん》になるだろう」

さすがの僕も、今度こそは、怖《おそ》ろしくなって眼を瞑《つむ》った。氷山と鯨は、刻々にその距離

を狭めていくようだ。万事休矣《ばんじきゅうす》？

◆人造島の秘密

あくる朝、僕は、病室とおぼしい、明るい室《へや》の、寝台のうえで眼を醒《さま》した。僕の身体《からだ》は、ぐるぐる巻に繃帯《ほうたい》が施されてある。きのうの朝、鯨の屍骸《しがい》に跨《また》がったまま、潮流に押流され、急速力で氷山に近づき、ドカンと衝突したまでは覚えているが、そのとき、氷山の一角に五体を強く打突けて人事不省に陥ったまま、この病室に運ばれたものとみえる。

「それにしても、ここは一体、何処《どこ》だろう。氷山に、こんな立派な病室があるわけはないし……」

僕は、夢見心地で、寝台を降りて、ふらふらと室内を歩き廻った。

窓から、朝陽《あさひ》がいっぱいに差込んでいる。戸外からみると、おどろいた。やっぱり氷山、というよりか、氷の陸地である。平坦《へいたん》な氷の島のうえに、白堊《はくあ》の家が建っているのだ。その一室が、病室になっている。いや、白堊の家だけではない、工場もあるし、動力所とおぼしい建物もあるし、飛行機の格納庫さえある。しかも、氷上には、単葉の飛行艇《ひこうてい》が二機、翼《よく》を休めているし、水色の作業服を着た人々が、水晶のように美しい氷上を歩いている。

「北極から流れて来た氷山じゃないぞ。島の上に氷を張りつめたのかしら。いや、それなら家も、格納庫も、氷に鎖《とざ》されているはずだ。だいいち、こんなに太陽が輝いて、暖かいのに、氷が溶《と》けずに、大理石のように輝いているのは可笑《おか》しい」

僕は、いよいよ不審におもっていると、不意に扉《ドア》が開いて、水色の作業服を着た一青年が入って来た。彼は、僕をじろりみて、いきなり、

「君の国籍は？」と妙なことを訊《たず》ねた。

「僕は、日本人です」

「うむ……それはいかん。日本人であることが不幸だった。せっかく救《たす》けてあげたが、このまま帰りたまえ」

「え！」

「われわれは、外国の漂流者を救助する義務はないのだ。すぐに、島を退去したまえ」

その声は、氷よりも冷たく感じられた。

「どうして、僕を追払おうとするのです」

「われわれは、水難救済事業に携っているのではない。しかも、君が、日本の少年であることが不幸だった。君を、この島に滞在させるわけにはいかんのだ」

「……」

「その理由というのはつまり、この島は、人造島だからだ」

「えッ、人造島？」

「そうだ。これは、アメリカの兵器会社の技師が発明した人造島で、われわれ技術員は、その耐熱試験をやっているのだ。氷の島が温帯で、いや熱帯圏内に入っても、果して耐久力があるか否かを試験しているのだ。そこで、この島の秘密を、日本の少年に盗まれては、せっかくの、秘密特許の人造島も、無価値になるじゃないか」

「僕は、少年です。断じて人造島の秘密を盗むようなことはありません。日本へ帰るまで、この島に置いてください」

「いかん。君を救けたのは、君の労働力を必要としたからだ。つまり、君に、炊事《すいじ》やそのほかの仕事をして貰《もら》おうとおもったのだが、不幸にして君は、模倣《もほう》の巧みな日本人だったじゃないか、一刻も、この島に置くわけにはいかん」

青年技師は、卓上の呼鈴《ベル》を押した。と、それへ、同じ作業服を着た数名の男が現われた。

「この少年を、追放してくれたまえ」

青年技師は、冷酷無情にも、そう命じると、数名の男は、矢庭《やにわ》に僕の肩や、手をとった。

僕はこれまで、幾度か生死の境をとおって来ているので、またも、この奇怪な氷の島から追放され、海へ放り込まれることを、それほど怖《おそ》れなかったが、しかし、何か曰《いわ》くのありそうな人造島の秘密を、何とかして探りたいとおもったので、むざむざと、海へ放り込まれたくはなかった。

「僕は、どんな労働でもやりますから、この島に置いて下さい」扉《ドア》の外へ、つまみ出されるのを拒《こば》んで、こう哀訴したが、青年技師はいよいよ冷酷だ。

「日本の少年なら、いいかげんに観念しろ。……さア諸君、面倒だから、この少年を麻袋に詰めて、海ン中へ叩《たた》き込んでくれたまえ」

「オーライ」作業服を着た男たちは、声とともに、寄ってたかって僕を捉《とら》え、用意の麻袋を頭からすっぽり被《かぶ》せてしまった。そして、藻掻《もが》く手足を押込んでしまうと、袋の口を麻縄《ロープ》で厳重に結《ゆわ》いてしまった。ああ、僕は、こんどこそ海底の藻屑《もくず》と消え失せなければならないのか。

やがて、麻袋に詰められた僕は、一人の雑役夫に担《かつ》がれて、氷の島の岸へ運ばれた。

僕の生命《いのち》は、風前の灯火《ともしび》だ。

◆中国服の老人

雑役夫は、麻袋をいったん置くと、こんどは、その両端を二人で持って、高く差しあげた。「ワン」「ツー」「スリー」の号令とともに、一思いにドブンと、海中に投げ込まれようとした一刹那《いっせつな》、

「待て、待ちたまえ」と、皺枯《しわが》れ声が、人々の背後にあった。雑役夫たちは、麻袋をふたたび氷の上に置いた。皺枯れ声の主は、

「その少年を、海へ叩き込むのは、いつでも出来るじゃろ。何しろ、この島じゃ、逃げも隠れも出来まいから、労働を強《し》いてさんざ使ったあとで、海へ棄《す》てても遅くはあるまい」

と、云《い》った。

「うん、それもそうだ」青年技師の声だ。

僕は、麻袋からつまみ出された。大理石のような硬い氷の上に立って、ひょいと見ると、皺枯れ声の主というのは、中国服を着て、木沓《きぐつ》をはいた老人だが、中国人ではないらしい。彼は、僕の顔をじろじろ見ていたが、

「とにかく、この少年を、わしの研究室で使うことを許してもらおう。なかなか怜悧《りこう》そうな少年だ」

こう云って、僕の肩を、枯枝のような細い手でつかんで、よろよろと歩きだした。僕は、この老人を、信じてよいのか悪いのかわからなくなったが、とにかく、危い瀬戸際に、少しでも生命《いのち》を延《のば》してくれたので、感謝してもいいとおもった。

研究室は、同じ白堊《はくあ》の建物で独立していた。その一室へ、僕を連込んだ老人は、

「それへ掛けたまえ」と、一脚の椅子《いす》をすすめた。

「何を、お手伝したらいいですか」

「まア、仕事は、だんだんにはじまるよ。きょうは、ゆっくり体を休めたまえ」

なかなか親切だ。が、結局、僕をさんざん使ったあとで、海へ放り込もうというのだから、ピコル船長と五十歩、百歩だとおもった。

「君は、日本人だといったね」

「そうです」

「日本人は、科学の才能において、ドイツ人に劣らぬ。そこで、わしは、わしの研究室の助手として君を所望《しょもう》したのじゃ」

「あなたは、何を研究なさいますか」

「わしは、人造島を研究している」

「あなたは、この氷の島をつくられたのですか」

「そうじゃ」

「人造島というのは？」

「なるほど、少年には殊《こと》のほか、興味があろう。かんたんに説明してあげよう。人造島というのは、ドイツのゲルケ博士の考案したものが始りである。浅い海底へ、組合した太い管《くだ》を、無数に取付け、それに海水を凍らせる凍結剤を、絶えず送るという仕組になっている。つまり、そうして海上に、ぽっかり氷の島を浮べ、飛行機の着陸場にしようというのじゃ。ところが、わしの人造島は、浅い海ではなく、太平洋の真ン中でも、自由自在につくられるのだから、ゲルケ博士のものとは、規模、構成において、おのずから異っている」

「どうして、氷の島が、暖かい海でも溶《と》けないのでしょうか」

「氷上に動力所があるだろう。あの動力所から、鉄管で絶えず凍結剤を送っているから、よしんば島の表面が溶けても、急凍する海水が、新陳代謝するから大丈夫。それに、この氷は、化学的に急凍したものだから、大理石のように硬いのじゃ」

「人造島が、自由自在に、どこにでもつくられるようになると、飛行機は、安心して飛べますね」

「そうだ。戦争になると、人造島を各処《かくしょ》につくって、そこを艦隊や、航空隊の基地とし、不安になれば、忽《たちま》ち溶かしてしまうことが出来る」

「へえ、おどろいた。じゃ、人造島を発明した国は、戦争に絶対勝つというわけですね」

「人造島をつくったのは、わしだが、わしはまた、人造島に、ある種の人工霧を放射すると、忽ち溶けてしまうという、新しい兵器を発明したのだ。完成の一歩前だが、その研究をやっているのだよ」

老人は、梟《ふくろう》のような眼を輝かした。

「あなたは、科学者ですね。博士ですね。そして、この島の主権者ですか」

「主権者?……。なるほど、この島の創造主だから、主権者であっていいわけだ。ところが、わしは、哀れな奴隷なのじゃ」

「えッ!」

◆作戦？

「日本の少年よ、われわれは、人造島の耐熱試験をするために、太平洋の真ン中へやって来たが、試験は大成功。そこで数日ののちに、この島を元の水に還《かえ》して、本国へ引揚げるのだが、わしの科学の頭脳を、さんざん使った兵器会社の奴等《やつら》は、不要になったわしを、この老《お》いぼれ博士を、海洋に棄《す》てて去るだろう」

「それじゃ、僕と同じ運命なのですか」

「そうじゃ、わしは、古ぼけた兵器製造機として、もう不要になったのじゃ。そこで、海へ棄てられてしまう。……わしは、たった一人で死にたくはないので、せめてもの道連れにとおもって、君の命乞いをしたのじゃ」

ああ、そうだったのか。僕は、それを知ると、この博士に怒りを感じた。

「僕は、あなたの道連れになるのは、お断りします」

僕は、断然拒絶した。老博士は、淋《さび》しく笑って、

「いや、ぜひこの老人と一緒に死んで貰《もら》いたい。……それとも、君は、あの麻袋に詰めら

れて海ン中へ叩《たた》き込まれたいのかい」

「……」

「わしと一緒に死んでくれるか、それとも、名もない雑役夫のために、海に叩き込まれるか。その二途《ふたみち》よりないのだが……」

少し考えていた僕は、

「あんな雑役夫に殺されるよりか……」

「おお、やっぱり、わしとこの島に残されるか」

「はい」

「うむ。それでこそ、義も情もある日本人じゃ。君は、わしの唯一の味方じゃ……では、わしの本心を明《あか》してあげよう」

「え！　本心ですって？」

「そうじゃ。わしは、いかにも古ぼけた兵器製造機じゃ。けれども、むざむざと、アメリカの兵器会社の奴等のために、海洋の真ン中に棄てられはしないぞ。君と協力して、彼等の暴力に抵抗するのじゃ」

「では、僕とともに、この島を脱《ぬ》け出そうと仰《おっ》しゃるのですか」

「脱出ではない。この島に住む狼共《おおかみども》に、戦いを挑むのじゃ。わしは、最初からその決意でいたが、君を味方に得て、いよいよ勝算が十分だ」

「でも、味方は、わずかに二人、敵は、それに十倍する人数、たいてい勝てますまい」

「ところが、わしは、科学者じゃ。科学の力は百人、千人の凡人の比ではない」

「作戦を洩《もら》してください」

「わしの作戦はこうじゃ。まず、この人造島の心臓ともいうべき、動力所を襲うて、これを占拠するのじゃ。われわれは、動力所に拠《よ》って、敵を迎える。動力が停《とま》って、凍結剤を海中の鉄管に送ることが出来なくなれば、この島は、忽《たちま》ち溶《と》けてしまうのだから、それを怖《おそ》れて、敵も手出しは出来まい」

「でも、動力所を占拠して、人造島の心臓を抑えても、数台の飛行機が、彼等の手中にある以上、動力を停《と》めて、人造島を溶かすと威《おど》かしても、彼等は、そのままに、飛行機に分乗して、危機を脱することが出来るじゃありませんか」

「なアに、その前に、ちゃんと飛行機を焼いて、敵の足を奪っておくのさ」

「えッ！　飛行機を焼いたら、僕達も、結局、人造島と運命を倶《とも》にするだけじゃありませんか」

「冒険に心配は禁物じゃ。科学のともなわぬ冒険は、もう古い。わしの人造島は、自力をもって、時速十三海里の航海が出来る。つまり、この人造島は、大洋の浮島であるとともに、一種の方船《はこぶね》なのさ。しかも、海中深く潜《ひそ》んでいる、すばらしい幾つかの推進機は、動力所の押ボタン一つで、猛然と回転してくれるのじゃ。動力所の心臓部を抑えながら、わしと君は数十人の敵を同伴して、一路日本へ針路を向けようじゃないか……。なアに、万一、この冒険が失敗したら、そのときは、潔《いさぎよ》く、海中の藻屑《もくず》となったらいい」

「よくわかりました。僕はやります」

「では、君は、夜半に格納庫を襲うてもらおう。わしは、同時刻に動力所を襲うて、彼処《あそこ》を占拠してみせる。君は、格納庫に火を放つのじゃ」

「爆弾がございますか」

「爆弾のような化学兵器が、手に入るくらいなら、こんな命がけの冒険はせんよ。爆弾があれば、宿舎に投げつけて、技術員も、雑役夫も、みんな一気にやっつけることが出来るじゃないか。われわれは、敵に監視されている、全くの無力者だ。そこで、非常手段をとらねばならぬ」

老博士は、僕の耳元へ、秘策を私語《ささや》いた。

◇格納庫夜襲

遂《つい》に夜襲のときが来た。

海洋の真只中《まっただなか》に浮んでいる人造島が、深い眠りに陥っているところを狙《ねら》うのだ。

白堊《はくあ》の宿舎には、技術員も、雑役夫も、みんな正体もなく眠っている。外部からの襲撃をうける心配のない人造島では、歩哨《ほしょう》も、不寝番《ねずばん》も必要がなく、ただ、動力所だけに、機関士が交替に起きているに過ぎない。

夜半、約束の時刻に、老博士は、研究室の窓の下に佇《たたず》んでいた。そして、僕の姿を見つけると、片手をあげて合図をして、そのまま、風のように動力所の方へ去った。僕も、たった一人で、格納庫焼打に往《い》くのだ。

満天に星はきらめき、空気は水のように澄んでいる。その星の光が、水晶のような氷の肌に、微《かす》かに映えて、あたかも黒曜石《こくようせき》のように美しかった。

海は、はろばろと涯《はて》しもなく、濃紫《こむらさき》色にひろがっていて、何処《どこ》からか、海鳥の啼音《なきね》がきこえてくる。こんな静かな夜半、決死の二人が、十倍に余る敵を迎えて、これと闘い抜き、人造島を占拠しようというのだ。いや、あと数分ののち、この黒曜石のような美しい氷上が、血の海と化するであろう。このことが、とうてい想像できなかった。

格納庫の附近には、歩哨も、動哨もいはしない。だのに、誰か物かげに潜《ひそ》んでいるようで、不気味だった。僕は、四辺《あたり》に気を配りながら、格納庫の扉《ドア》を開けた。そして携えてきた小さな石油ポンプを、格納されてある飛行機の方に向けた。それから、上着を脱いで、それに石油を浸《ひた》した。

これで、準備はできたのだ。

「いいか」

僕は、自分自身にこう云《い》って、石油を浸して上衣《うわぎ》に火を点《つ》けると同時に、それを格納庫内の飛行機へ投げつけた。

ボーッ！　と、凄《すさ》まじい音を立てて、上衣は燃え上った。

「それッ！」とばかり、僕は、石油ポンプの把手《ハンドル》を力の限り押した。燃え上った一団の火へ、石油を雨のように注いだからたまらぬ。たちまち、格納庫内は、火の海と化してしまった。

「ばんざーい」僕は、興奮して、おもわず万歳を連呼した。連呼しながら、僕は、両頬《りょうほお》に伝う熱い涙を感じたが、それを拭《ぬぐ》おうともせず、なおも石油ポンプの把手を、力のかぎり、根《こん》かぎり押した。

と、このとき、はるかに宿舎の方にあたって、「わア」「わア」という、喊声《かんせい》とも、悲鳴ともつかぬ、人々の叫喚が、嵐《あらし》のように湧《わ》き上った。格納庫が火を吹いたので、それを発見した一人が、度を失って、人々に告げ廻ったのだろう。人々は、半狂乱になって、我先に、こちらへ駈《か》けてくる。それが、火焔《かえん》の明りではっきり認められた。

僕は、格納庫に十分に火が廻り、三台の飛行機が、威勢よく燃えているのを見済して、動力所の方へ駈けつけた。

格納庫の巨大な建物が、火を吹いているので、その凄《すさ》まじい大火焔《かえん》が、水晶のような氷の肌に映じて、実に壮観。絵にも、文章にも、描けぬ光景だと、僕は、振りかえり、振りかえり、それに見惚《みと》れた。

◆殺到する敵

こちらは、動力所へ駈《か》けつけた老博士である。博士は、低過蒸気機関の前で、椅子《いす》に腰

かけたまま、こくりこくり居眠りしている、呑気《のんき》な赤髯《あかひげ》の機関士の前に立って、

「おい、起きろ」と、怒鳴った。不意を喰《くら》って機関士は、むっくり顔をあげた。きっと、上役に、居眠りの醜態を見つけられたとおもったのだろう、眼をパチクリさせている。

老博士は、ステッキを、機関士の胸元へ突付《つきつ》けて、いかにも、新しい兵器のように見せかけ、

「これを見ろ、わしのつくった殺人ガス放射器じゃ。よいか、これが怖《おそ》ろしかったら、わしと行動を倶《とも》にしろ」

機関士は、老博士のステッキを、恐ろしい兵器と信じて、恐怖のあまり、わくわく顫《ふる》えながら、両手をあげて、わけもなく、無抵抗の意を表した。

「よいか、わしの味方の一人はいま、格納庫を襲うて、おまえたちの唯一の足である飛行機を焼こうとしている。そこで、わしは、この動力所を襲うて、人造島の心臓部を握るのだ。われわれは、兵器会社の技術員たちに、戦いを挑まねばならない。おまえは、わしの味方になるか、それとも反抗するか」

「味方になります」

「よろしい。では、おまえの任務に忠実であれ」

このとき、彼方《かなた》の格納庫のあたりが、急に明るくなり、ボーッという、凄《すさ》まじい音がき

こえて来た。

「ほう、やったな。おい、窓の外を見ろ。わしの味方が、格納庫を焼いたぞ」

云《い》われて、機関士は、窓から顔を出した。

「あッ、火事だ」機関士は、おどろいて、戸外へ飛び出そうとした。

「おい、これがわからぬか」

老博士は、ステッキを突付けた。

「此処《ここ》を動いてはならない。でないと、人造島が溶《と》けてしまうのだ。飛行機が焼けてしまったし、島が溶けたら、どうなるとおもうか」

「……」

機関士は、神妙に機関《エンジン》の前に戻った。

格納庫は、物凄《ものすご》く火焔《かえん》を吐いている。

と、忽《たちま》ち、人々の叫喚が嵐《あらし》のように起った。目茶苦茶に、発砲するものもあるらしい。

大変な騒ぎとなった。その騒動の中を、巧みに抜けて、動力所へ駈《か》けつけたのは日本少年、僕である。

「おお、旨《うま》くやってくれたな」

老博士は、うれしげに僕を迎えた。

「あなたも……」

「うむ、動力所も、首尾よく手に入れたよ」

「みんな、こちらへ押寄せて来ます」なるほど、火焔の明りでみると、人々は、悪鬼のような叫びをあげながら、動力所を目指して駈けてくる。

「なアに、大丈夫。敵の心臓をつかんでいるから、すでに味方の勝利じゃ」

老博士は、落着払っている。動力所へ押寄せた一隊は、威嚇《いかく》するように、小銃を乱射した。わアーという、喚声をあげながら、悪鬼のように、

「博士をやっつけろ」

「おやじを殺せ」

「日本の少年を、渡せ」と、口々にわめき立てて、すでに、扉《ドア》の近くまで迫った。

◇島が溶《と》けだす

このとき、老博士は、動力所の窓から、ぬっと首を出した。

「あぶない！」僕は、引止めたが、それには耳を藉《か》さず、はや間近に迫った一隊に向って、

皺枯《しわが》れ声だが、しかし太い力のこもった声で呼びかけた。

「射撃を止《と》めろ。止めないと、人造島の心臓部を止めてしまうぞ」この一言が、たしかに利いたとみえて、敵の一斉射撃が、急に止み、一隊は、その場に釘付《くぎづけ》にされたかたちとなった。老博士は格納庫の火焔《かえん》に、上半身を照らしながら、語気を強めて、「わしは、すでに、この人造島の心臓部を握った。飛行機はみんな焼けてしまった。おまえたちは、自由を失ったのだ。よいか、わしに反抗するものがあったら、わしは、ここにいる味方の一人に命じて、動力機関《エンジン》を、一挙に破壊してしまうだろう。おまえたちが、この動力所へ殺到し、われわれを銃剣で突刺すまえに、発動機の機能は、めちゃめちゃになってしまうが、どうだ」

と、宣告を与えた。が、戸外に佇《たたず》む敵の一隊は、怒りと怖《おそ》れのために、一語も発するものがない。完全に心臓部をつかまれているからだ。

格納庫は、まだ旺《さか》んに燃えている。しかしトラスト型の鉄骨と、飛行機の形骸《けいがい》を、無慚《むざん》にも曝《さら》して、はや、火焔も終りに近かった。老博士は、敵の銃口に身を曝《さら》しながら、なおも言葉をつづける。

「沈黙を守っているのは、無抵抗の意志と認める。飛行機は、あのとおり無惨な姿になってしまったから、いくら暴れても、この島を脱《のが》れることは出来ないだろう。どうだ。和睦《わぼく》せぬか。心臓部を握るわれわれと握手して、この人造島を、大陸へ向けて移動せしめることに同意せぬか」

　戸外の人々は、なおも沈黙を守っている。

「それとも、われわれの手で、動力機関を破壊し、氷の島を溶《と》かして、敵味方諸共《もろとも》、海底の藻屑《もくず》となるか」敵の一隊は、今は進みも退きも出来ず、死のような沈黙をつづけている。

「君たちは、わしのつくった人造島が完成すると、もう、この老《お》ぼれには用は無いというので、わしを、この島に残し、島の動力器械を持去ってしまうのだろうが、それは、あまり酷薄無道だった。君たちは、みんな、そんな残酷な人間ではないだろう。わしを信じ、わしの科学の才能を認め、わしになお、研究を継続させたいものは、銃を捨てて、ここへやって来たまえ」

　すると、先頭の一人は、銃を投げ出した。悄然《しょうぜん》と、こちらへ歩いてくる。すると、これに倣《なら》って、他の人々も銃を棄《す》て、みなそのあとに続いた。

が、これは、こちらの油断だった。降服とみせかけて、動力所へ入って来た一隊の半数は、いきなり、老博士に殺到した。

「わア！」

「老ぼれを殺《や》つけろ」

たちまち、老博士は、人々のために組敷かれてしまった。あとの半数は、僕を目指して殺到した。

「日本の少年も、やっつけろ」

「わア！」僕は飛鳥の如《ごと》く、動力機関の前までのがれた。僕は、もはやこれまでとおもって、その場にあったハンマーを執《と》ると、

「やッ！」とばかり、機関を叩《たた》きつけた。

「あッ！」殺到した悪鬼のような人々は、おもわず声を呑《の》んだ。おのれの心臓を、叩きつけられたも同然である。僕は、続けざまにハンマーを揮《ふる》って機関《エンジン》を叩きつけた。歯車は砕け、シャフトは折れ、低温蒸気は、凄《すさ》まじい勢いで、折れまがったパイプの裂け口から吹き出した。僕は、汗を拭《ふ》きながら、人々を振《ふり》かえって云《い》った。

「さア、これで万事休矣《ばんじきゅうす》だ。敵も味方も、仲好く、海底見物をしよう。動力が停《とま》ったら、この島は、次第に溶けていくだろう。もう、お互に争うことを止めようじゃないか」

誰も、これに応《こた》えるものはなかった。

老博士を組敷いている人々も、その場を離れ、呆然《ぼうぜん》として、僕を見るだけだ。今は誰一人、僕に組付いてくるものもない。死のような沈黙が、動力所の内外にひろがって来た。

老博士は、僕の傍《そば》へやって来て、

「よくやってくれた。君の勇気と果断に感謝する。そして、君と一緒に死ぬことを、わしは、悦《うれ》しいとおもう」といって、僕の手を、固く握り締めた。

「済みませんでした。機関を破壊したりなんかして……」

「いや、この場合、君の果断の行為は、結局、われわれを救ってくれたのじゃ」

「でも、そのために、みんな溺死《できし》します」

「が、動力所を、あいつ等の手に渡せば、君とわしが殺されるだけじゃないか……おお、そういううちにも、島が溶けてくるだろう。死の直前に、人造島の溶けるさまを実際に見ておこうか」

老博士は、悠々と、戸口の方へ歩きだした。科学に殉《じゅん》ずる、老科学者の態度に、敵も味方も、今は驚嘆せぬものとてない。

◆運命の方船《はこぶね》

やがて、窓から戸外を眺めていた一人が、甲高《かんだか》い声で叫んだ。

「あっ、大変だ。島が溶《と》けだした」

「えッ！」予期していたことだが、これが余りに突然だったので、人々は色を失って、われ先にと、戸外へ飛出した。彼等は、氷上を右往左往した。なかには、動力所の屋根へよじ登ろうとする者、相抱いて泣いている者もある。いやはや、白人共の、狼狽《ろうばい》ぶりは、滑稽《こっけい》なくらいだ。

「氷が溶けるのは、当然ではないか。周章《あわ》ててはいけない」老博士は、人々をかえり見て、こう戒《いまし》めるが、刻々に迫る死を怖《おそ》れて、人々は、なおも、右往左往して悲鳴をあげている。

老博士は、木沓《きぐつ》の先でコツコツ氷を叩《たた》いてみて、僕をかえりみて云《い》った。

「うむ、なるほど、凍結剤の効力が失われると、あれほど硬かった氷も、このとおりだ」

それは、自分の創案した人造島の、溶け失せるのを悲しむというよりか、化学の偉力のおそろしさを証《あか》し得たことを悦《よろこ》ぶ、会心の笑いだった。

そういううちにも、人造島は、刻々と溶けてゆく。海中に没している部分はもちろんのこと、表面も、周囲も、急速度に溶けつつある。

「救《たす》けてくれい」

「ああ……」技術員も、雑役夫たちも、今は全く手の下しようもなく、悲鳴をあげていたが、やがて彼等は、ぞろぞろと、博士の方へやって来た。

彼等は、老博士を取巻いて、哀願した。

「博士。どうか、われわれを救ってください」

「われわれの生命《いのち》をたすけてください」

「おねがいします」果ては、彼等は、溶けゆく氷の上に膝《ひざ》をつき、手をついて、老博士に哀訴した。

博士は、微笑をうかべたまま、

「生命が惜しかったら、わしの云うとおりになるか」

「なります」

「救けてください」

「では、あの白堊《はくあ》の建物へ帰りたまえ。あの建物は、島が溶けても、波に浮ぶだろう。あれは創世記の方船《はこぶね》だ」これをきくと、技術員や雑役夫たちは、

「おお、方船！」

「われわれの船」そう叫んで、われ先に、白堊の建物の方へ駈《か》けだした。

「おお、日本の少年。君も、あの方船に乗って難を避けたがいい」老博士は僕を促した。

「博士は？」

「わしは、この人造島と、運命を倶《とも》にするとしようか」

「いけません、博士。僕と一緒に、あなたも、あの方船へ帰らなければなりません」

僕は、老博士の手を執《と》って、ぐいぐい引張った。

「なるほど、君と一蓮托生《いちれんたくしょう》の約束だったのう。……では、敵も味方も、あの方船に乗って、運命の海を漂流するとしようか」老博士はやっと歩き出した。

人造島は刻々に溶けてゆく。あと、一時間と経《た》たぬうちに、洋上の浮島は、跡形もなく消え失《う》せるだろう。人々は先を争うて、白堊の建物へのがれたが、果して方船は人々を収容して、海洋に浮び、潮流に乗って、大陸へ無事に流れて往《い》くであろうか。老博士は、確信をもって、方船に避けよと勧めたのか。運命の方船よ。おまえは、果して、海洋に浮んでくれるか。

三　心臓と科学

どろぼう船が、亡霊のような怪老人の出現によって、いつのまにか、幽霊船となり、僕と豹《ひょう》のような水夫が、海へ飛込んだまでは、読者諸君も、すでに御承知のことだが、その後、幽霊船 虎丸《タイガーまる》はどうなったか。

物語は、しばらく運命の方船《はこぶね》を追わず、幽霊船虎丸の甲板へ戻るとしよう。さて、幽霊船虎丸の甲板の、亡霊のような怪老人は、五ツの屍骸《しがい》の横《よこた》わる中甲板を、血の匂《にお》いを嗅《か》ぎ、よろよろ歩き廻りながら、不気味な薄笑いを洩《もら》した。

「そろそろ仕事をはじめるかな」怪老人は、そのまま船室へ姿を消したが、すぐに大きな鞄《かばん》を提げて現われた。五ツの屍骸に、ガラスのような瞳《ひとみ》を投げながら、

「どいつを、料理《まかな》ってやろうかな」

と、呟《つぶや》いた。いよいよ不気味なことを云《い》う。

鞄の中から、いろんな怪しい道具を取出した。それは外科手術用の鋸《のこぎり》や、メスや、消毒剤などだ。メスを握り、白衣《びゃくえ》の腕をまくり、大男の屍骸に居ざりよって、

「久しぶりで、肉を裂くのか。堪《たま》らないなア」

と、またも呟いた。おお、怪老人は、メスを揮《ふる》って、大男の肉を裂き、肉を啖《くら》おうというのか。

怪老人は、大男の屍骸の胸をひろげ、左胸部のあたりに、ぐさりメスを突立て、肉を抉《えぐ》り取ったが、それを、一口に啖うと見ていると、そうではなく、なおもメスを突立て、まもなく、大男の血の滴《したた》る心臓をつかみ出した。

「なかなか見事見事」それを片手に持って眺め廻したが、こんどは、陳《チャン》君の屍骸《しがい》に居ざりより同じように、胸をはだけ、左胸部にメスを突立てた。手を入れて、つかみ出したのは、銃弾に射貫《いぬ》かれて、めちゃめちゃに砕けた陳君の心臓だった。

「ほう、これは、台無しだ」

二つの心臓を両手に持って、やや暫《しばら》く眺めていたが、銃弾に砕かれた陳君の心臓を、ひょいと海へ投げすてて、大男の心臓を、ていねいに消毒して、陳君の左胸部の穴へ押込んだ。

怪老人は、大男の心臓を、陳君の左胸部へ移し植え、血管をつぎ合したり、収斂《しゅうれん》、止血剤を施したり、大童《おおわらわ》になって仕事をつづけたが、やがて、左胸部の創《きず》を縫合せてしまうと、ほっと一息入れ、

「もうこれでよし」と、自信ありげに、独《ひと》り呟《つぶや》いた。ややあって、陳君の屍骸の白蠟《はくろう》のよ

うな顔に、一抹《いちまつ》の血がのぼると、

「う……」と、呻《うめ》きだし、微《かす》かに身動きした。

「おお、やっと生きかえったかな。わしの大手術の成功じゃ」怪老人は、陳君の屍骸の手を執って、脈搏《みゃくはく》を数えはじめた。

船長室のベッドに寝かされてから、やっと、陳君は、我にかえった。

「はてな、僕は生きていたのかしら」

ふしぎで堪《たま》らない。豹のような水夫に背後からピストルを射《う》たれ、左胸部を貫通され、ばったり甲板に斃《たお》れたはずの自分が、船長室のベッドのうえで、意識を取返すなんか、有りうべからざることだ。

夢ではないかとおもったが、夢ではない証拠に、左胸部の創《きず》が、烈《はげ》しく痛んでいる。咽《の》喉《ど》が渇いて、相当に高熱だ。

「奇蹟《きせき》だ！」陳君は、おもわず呟くと、

「いや、奇蹟ではない。科学の勝利じゃ」

と、応《こた》えるものがあった。顔をあげてみると、ベッドの傍《そば》で白衣《びゃくえ》白髪の怪老人が葉巻をくわえながら、薄笑《うすわらい》をうかべている。

「あッ！」

「驚くことはいらぬ。わしは、亡霊ではない。このとおり、足もくっついているよ。ハ……」

「あなたは、何処《どこ》から来たのです？」

「わしは、元からこの船にいたよ。このどろぼう船の船医じゃ」

「山路君は？」

「わしに怖《おそ》れて、海へ飛込んで死んだよ」

「えッ！　では、豹《ひょう》のような水夫は？　僕をピストルで射殺したあの水夫は……」

「あれも、ボーイと一緒に、海へ飛込んだ。いまごろもう、鱶《ふか》の餌食《えじき》になったことだろう」

「では、もうこの船には？」

「そうじゃ、おまえと、わしと二人きりじゃ」

「僕は、ほんとうに生きているのですか」

「ハ……。疑うのも無理はない。心臓を射貫かれ、死んだはずのおまえが、そこに生きているのだからなア……」

「誰が、僕を生《い》かしてくれたのです」

「生かしてもらって、不服かな」

「いいえ、感謝します」

「生かしてあげたのはわしだが、わしに感謝するより、科学の偉力そのものに感謝したがいい」

「あなたは、僕の胸を手術してくれたのですか」

「そうじゃ。おまえの、砕かれた心臓を、海へすて、あの大男の安南人《あんなんじん》の心臓を、移植してやったのさ。おまえの心臓は、あの大男から貰《もら》ったのじゃ」

「えッ！　それじゃ、僕のこの心臓は、安南人の心臓なのですか」

「不満かな……。いや、不満とは云《い》わさんぞ。犬の心臓と取替えたのではないからのう。ハ……」

「あなたは、死んだ人間を、勝手に生かすことが出来るのですね」

「そうじゃ。死んだ人間を生かすことが出来るが、生きた人間を殺しはせん。わしは、本国ドイツにいたころから、心臓移植の実験を、しばしば動物によって試みたものだが、人間を試みたのが、こんどが初めだったのさ」

「心臓移植は、あなたが初めて試みられたのですか」

「まず、そうじゃ。しかし、一九三三年に、ポロニーという学者が、一女性の腎臓《じんぞう》を摘出して、新しい屍体《したい》の腎臓を移植して、毒死の危急を救ったことがある。いや、その翌年には、フイラトフという学者が、新しい屍体の眼球を摘出して、十一年間も失明していたある女に移植して成功したという事実もあるのじゃから、わしの心臓移植も、けっして珍しい手術ではあるまい」

「でも、奇蹟《きせき》です。そして、神の業《わざ》です」

「おだてるなよ、わしは、奇蹟を信じない科学者だからのう。ハ……」

◇亡霊か悪魔か

怪老人は、妙技を揮《ふる》って屍体《したい》を生きかえらせ、船中には、生きた人間が二人になったが、どろぼう船虎丸《タイガーまる》の船内には、依然として、不気味な空気が漂うている。中甲板には、なおも、四つの屍体が横《よこた》えられたままだ。なぜ、怪老人は、四つの屍体を、海へすてないのか。五日を過ぎ、十日と経《た》っても、屍体の処分をしない。

で、鬼気が身に迫るようだ。胸の創《きず》が癒《い》えて、甲板を散歩することがゆるされた陳《チャン》君は、中甲板で、四つの屍体を発見して、ぞっとした。

「どうして、屍体をすてないのですか」

老人は、にやり笑って、

「いや。まだすてるには惜しいよ」

「また、実験に使うためですか」

「そうかも知れん。ことによったら、おまえの肉体も、必要になるか知れんよ」

「えッ！」

「驚いてはいけない。わしは、大男の心臓を、おまえに移植したのは、おまえをこの世に還《かえ》したいためではなかった。わしの学説の実験に使うためだ。だから、必要になれば、いつでも、おまえの肉体を貰《もら》うまでさ」

「あなたは、生きた人間を殺さぬと、仰《おっ》しゃったではありませんか」

「そうじゃ、わしは、生きた人間を殺さぬ。そんな殺生《せっしょう》はせぬ」

「でも、僕をまた、殺すつもりでしょう」

「いや、誤解してはいけない。わしは、死んだおまえを、元通りに死なしてやるまでさ。けっして、死んだ人間を生かしたままにはせぬよ」

「……」陳君は、怪老人の不気味な一言に、ぞッと身顫《みぶる》いして後退《あとじさ》りした。老人は、自ら亡霊ではないと云《い》ったが、血の通った人間とは信じられない。人間の心臓を勝手に取替えたり、屍骸《しがい》に息を吹き込んで、また元通り屍骸にしてしまうなぞ、亡霊でなければ、悪魔の仕業《しわざ》だ。

「油断がならぬぞ」陳《チャン》君は警戒しはじめた。虎丸《タイガーまる》は、心臓を失い、両足を失って相変らず、幽霊のように、名も知らぬ海洋をひょうひょうと漂流している。

「戦おうか」だが、仮にも、怪老人は、自分にとっては生命《いのち》の恩人だ。他人の心臓を取って、移し植え、血の通う人間にしてくれた恩人だ。たとえ、亡霊でも、悪魔でも、ふたたび自分に魔の手を伸《のば》し、心臓を抉《えぐ》り取ろうとするまでは、こちらから手出しはできないとおもった。

真夜中ごろ、人の気配を感じてふと眼が醒《さ》めた。

「誰だ！」低く、しかも力の罩《こも》った声で叫んで、半身を起し、四辺《あたり》をみると、白衣《びゃくえ》の怪老人が片手にメスを握り、そっと、陳君の眠っているベッドに近づいて来たのだ。

「何をするのです」怪老人は、不気味に笑って、

「わしはまた、人間の肉を裂きたくなったのさ」

「えッ！　では、僕の心臓を、また抉り取ろうというのですか」

「いや、心臓が欲しいのではない。その二つの眼じゃ」

「えッ！」怪老人は、一歩一歩近づいてきて、

「おまえの、美しい、若々しい眼と、このわしの老《おい》ぼれた、ガラスのような眼と、取替え

て見ようというまでさ。フイラトフ博士は、新しい屍体《したい》の眼球を取り出して、十一年間も失明していた女の眼に移し植えて成功した。生きた、おまえの眼球を、わしに移し植えたら、わしは、急に若返るだろう」

「飛《と》んでもない。そんな、ガラスのような眼は、真ッ平です」陳君は、ベッドを辷《すべ》り落ちて、逃げ仕度をはじめた。老人は、じわじわと近寄って来て、

「いや、遠慮せずともよい。中国民族の眼と、ドイツ民族の眼と入替えてみるのじゃ。おまえは、この、碧《あお》い眼が欲しくはないか」

「真ッ平です」船室をのがれようとすると、右手を伸して肩先をつかんだ。

「おまえは、また、わしを信じないのか。わしは、学術研究のために、おまえを試験台とするのだ。コマ切れにして、煮て食おうというのではないから、安心して、わしに料理されるがいい」

「試験台にされて堪《たま》るものですか。僕は、あんたの奴隷ではありません」

陳君は、怪老人の手を振り切って、船室を逃れ出た。いっさんに中甲板まで駈《か》け上って、ほっとすると、あとから、老人の、不気味な声が、

「こら、遠慮するなよ、わしの、この碧い、宝石のような眼を、おまえに与えるというのじゃ、その東洋人の、汚らしい眼と、取替えて見よう」

陳君は、それには応《こた》えず、後甲板の方へ逃げた。

「こら、小僧、待たぬか」

怪老人は、あくまで執拗《しつよう》に追《おい》かけてくる。舷灯《げんとう》の無い、暗い甲板だが、星の光で、四辺《あたり》の様子がうかがわれる。物かげに身を潜《ひそ》めていると、怪老人は、よろよろと後甲板へやって来た。

「小僧、どこに居る?……。わしの、自由になってくれ。科学のためじゃ。わしの学説を完成させる、最後の試験台だ。わしのために、犠牲になってくれ」怪老人は、後甲板の彼方此方《かなたこなた》を、探し廻っている。物かげに身を潜めている陳君は、このとき、全身の血のたぎるのを感じ、荒々しい息遣いになって来た。彼の足は、力強く、物かげを出て往《い》く。そして、よろよろ四辺を探し廻る老人の前に、立塞《たちふさが》った。

「さあ、じいさん。僕を自由にできたらやって見給《みたま》え。僕の心臓は、安南人《あんなんじん》の巨《おお》きな心臓だ。僕の鉄腕は、戦いを要求している。この後甲板で、どっちが勝つか、一騎打ちの勝負をしよう」

振《ふり》かえった怪老人は、急に、会心の笑いをもらした。

「ハハハ。それだ、わしの求めていたことは」

「え!」

「つまり、わしは、心臓は、動物の生命《いのち》の原動力であるかどうかを実験したのじゃ。小僧、おまえの小さな心臓の代りに、あの安南人の大きな心臓を移し替えてみると、わしの学説のとおり、おまえは、あの大きな安南人のように、勇敢に、力強くなったじゃないか、ハハハハハ。もうそれでよい。わしと妥協しよう」

「それじゃ、いまのは嘘《うそ》ですか。眼球を取替ようというのは」

「嘘ではないが、しばらく中止さ。ハハ……」

それから、二月は無事に過ぎた。

怪老人は、ふたたびメスを揮《ふる》おうとはせぬ。が、油断はならない。隙《すき》をうかがってまた、奇怪な解剖をやらぬともかぎらぬ。陳《チャン》君は、それで、夜もろくに眠らず警戒しつづけた。

幽霊船は、長い漂流をつづけているうち、次第に南海の方へ進んでいるようだ。北洋で見うけた、氷の砕片や、寒流特有の海の色は、いつか消えて、暖かい風が甲板を吹いていたが、このごろでは、むしろ、熱風が肌に感じられるようになり、椰子《やし》の実が、ひょうひょうと波にうかんでいるのを見うける。

南海に流れてくるうちに、船底の冷凍室の紅鮭《べにざけ》やオットセイが、腐敗しはじめた。急速度に腐敗し、臭気は、船底一杯に充満し、船室に居られなくなった。それで、二人は、夜も、甲板で眠ることにした。

「困った。飲料水が腐りかけましたよ」

陳君は、不安の面持《おももち》でいうと、怪老人は、

「なアに、海水を呑《の》むさ」一向平気である。

「海水なぞ、呑めやしないじゃありませんか」

「心配することはない。わしが、海水から塩分を取りのぞいて、旨《うま》い飲料水をつくってやる……それよりかどうだ、小僧。冷凍室のものが腐り、飲料水まで腐りかけたというのに、中甲板にころがっている四つの屍骸《しがい》が、少しも腐敗せんじゃないか」

「なるほど、妙ですね」

「妙ではない、当然のことなのだ。わしの創案した防腐剤の偉力は、このとおりじゃ。何なら、おまえにも、防腐剤を注射してやろうか」

「え！」

「生きながら、偉効《いこう》のある防腐剤を注射すると、おまえの肉体は、永遠に死なぬぞ」

「冗談じゃありません。防腐剤は、死んでからねがいます」

「ところが、わしは、生きた人間に、それを試みたいのじゃ。小僧、おまえの肉体を、わしに貸してくれぬかな」

「僕は、お断りします」

「そうか、厭《いや》か。……しかし、油断するなよ。真夜中ごろ、おまえの隙をうかがって、おまえの二つの腕に、注射せぬともかぎらぬからのう。ハハハ」

怪老人は、不気味に笑った。

「生きた人間に、防腐剤を試みると、どうなりますか」

「死ぬまでさ。けれど、ほんとうに死んだのではないから、いつでも生き還《かえ》らせることが出来る」

「そ、そんな莫迦《ばか》なことは信じられません」

「信じられないなら、ひとつ、試みようか」

「真ッ平です。無理にそれを試みようというなら、腕ずくで試みなさい」陳《チャン》君の心臓――あの安南人《あんなんじん》の心臓は、こう力強く叫んだ。

「わしは、あくまでも、おまえを、わしの学説の実験にしようとおもっている。わしは、安南人の心臓を、おまえに移植しなかったら、あのとき限り、おまえは死んでいたのじゃ。それを、きょうまで生かしておいたのは、最後の実験、つまり、防腐剤注射によって、人の生命を、永遠に保《も》たせることは出来るかを実証したかったからじゃ。おまえは、わしの愛するモルモットじゃ。今度こそ、わしの頼みをきいてもらおう」こう情誼《じょうぎ》をこめて頼まれると、さすがの陳君も、あっさり拒絶できなかった。

「どうじゃ、わしの願いをきいてくれぬか」

「……」怪老人は、陳君を尊い科学の犠牲に供したいとねがうのだ。人命を勝手に科学実験に利用するのは罪悪だが、しかし、科学者の真剣さも買ってやらねばならない。

「もし、わしの実験が失敗して、おまえが、そのまま生き還ることがなかったら、わしも、責任を負うて、この甲板で、おまえのあとを追って死ぬ。わし一人が、おめおめと生き永《なが》らえはせぬぞ。わしに見込まれて、不幸だとあきらめてくれ」

「わかりました。僕が学問の犠牲に、よろこんで成りましょう」

「おお、よく理解してくれた。それでこそ、わしの見込んだ少年だった」

怪老人は、手を伸して、陳君の手を握り締めた。

四　幽霊船と幽霊船

物語は、再び運命の方船《はこぶね》に戻る。

人造島が、海洋の真ン中で、みごとに溶《と》けて、白堊《はくあ》の建物が、運命の方船として、波間にうかび上ってから、はや二月は経《た》った。方船は、島の上に建っていた建物だから、普通の船のようなわけにはいかない。その半身以上を海に没し、建物の中も海水で充満している。まるで難破した水船《みずぶね》だ。

人々は、方船の屋根に取《とり》すがって、波を避けているに過ぎなく、雨露を凌《しの》ぐことさえ出来ず、食料も、飲料水も、十分に用意することが出来なかったので、二月の漂流で、すでに、それらのものも尽きてしまった。はじめ二十余人もいたが、二月ののちには、数人より残らなかった。波にさらわれて姿を消した者、食料が尽きて餓死した者、運命を呪《のろ》って、みずから海に投じて死んだ者……生残《いきのこ》った者といえども、今では、死人も同様だ。

生残った数人のうちでは、僕は一番元気だった。若いせいもあるが、日本人の頑張りから、歯を喰《く》いしばって今日まで生きて来たのだ。

僕のほかに、数人の技術員が、まだ生残っているが、もう明日にも、方船から辷《すべ》り落ちて、海底へ沈んでゆくかも知れない。それほど、力弱っている。一番元気なのは僕だが、一番弱っているのは、老博士だ。博士は、漂流中に真先にまいってしまったが、僕は、身命を賭《と》して、老博士の身を護《まも》っているので、きょうまで生きて来たのである。

「山路君……わしはもう駄目じゃ。極度の疲労で、はやく死にたい」老博士は、こう哀《かな》しく叫んだ。

「いけません。元気を出しなさい。僕がついていますよ」

「いや、わしのような老体を、かばっていては、君も死んでしまう。わしにかまわずに、君はあくまでも生きてくれ」

「いや、博士が死ねば、僕も死にます。人造島で約束したじゃありませんか。死ぬときは、一緒に……と」

「なるほど、その約束を忘れず、わしをかばってくれるのか、ありがたい。わしは、日本人の仁侠《にんきょう》の精神に涙ぐまれる」

「そんなことはありません。僕は、あなたの科学の才能を、もっと、世界人類のために働かしてもらいたいとねがうのです。そのために、懸命に、あなたをたすけているのです」

「ありがとう、ありがとう。わしは、きっと、生き抜いてみせる」

大浪《おおなみ》がくるたびに、方船《はこぶね》は、顚覆《てんぷく》しそうになる。

嵐《あらし》に吹きつけられて、方船はほとんど浪に没することさえあった。

何よりも苦痛なのは、暴風雨に見舞われることだ。天蓋《てんがい》のない建物の屋根の上に、わずかに取《とり》すがっている僕等だから、豪雨には徹底的に叩《たた》きつけられる。が、この豪雨は、また漂流者にとって天の恵みでもあった。屋根の窪《くぼ》みなどに、雨水が溜《たま》るからだ。僕等は、それによって、渇《かつ》を医《い》やすことができ、雨水を呑《の》んで、わずかに飢えを凌《しの》ぐのだった。

ときには、晴れた、気持のよい日和《ひより》もあった。海洋は浅みどりに輝き、浪もおだやかで、方船の動揺も殆《ほとん》どなかった。こういう時に、僕は自分のきているジャケツの毛糸を解き、この毛糸を幾本かあつめて撚糸《よりいと》にし、また、屋根板から一本の釘《くぎ》を抜取って、これを曲げて釣針をつくって釣りをした。

はじめ、餌《え》の代りに、靴底《くつぞこ》の革を切って釣針につけて、海に投げてやると、またたくまに、一尾の大きな魚が釣れた。その魚の肉を餌にして、さらにカメアジや、鮫《さめ》や、阿呆鳥《あほうどり》を釣り上げた。

阿呆鳥を釣るには、小さな板のうえに、餌のついた釣針を乗せて、浪の上に流してやると、阿呆鳥は、それに食付《くいつ》いてくる。それを釣るのだ。

天気の好《よ》い日は、老博士も、死人のような生存者たちも、僕から釣道具を借りて、釣りに興ずるのだった。嵐のあとの晴れた朝だった。

大きなうねりに乗り、うねりに沈んで、方船は、木の葉のように漂うているとき、一人が、海洋の彼方《かなた》を遠望しながら、とつぜん叫んだ。

「おお、……島だ。島だ。」この声は、人々に活気を与えた。なるほど、水平線の彼方に、一点の黒影がうかんでいる。

「無人島かしら」僕は、好奇の眼を見はった。

「珊瑚礁《さんごしょう》だったら、つまらないなア」

誰かが、力ない声で呟《つぶや》いた。

「パーム・パームリック圏内に迷い込んだのではあるまいかな」これは、博士だった。

「パーム・パームリックというのは、何ですか」

「南海の魔の海だ。珊瑚礁が群生して、おまけに潮流の渦巻く、おそろしい死の海ともいわれるところじゃ」

人々は、これをきくと、おもわず顔を見合った。

「あっ！　島が動く」誰かが、また叫んだ。

「えッ！　島が動く?」冗談じゃない。人造島ではあるまいし、島が動いてたまるものかとおもったが、なるほど、黒い影がたしかに動いて、だんだんこちらへ近づいてくるではないか。

「おお、船だ。島じゃない、黒船だ」

老博士は、さすがに、哀《かな》しげに叫んだ。

方船と、黒船とは、次第にその距離を短縮しつつある。

「妙な船ですね」

「難破船かも知れない」

僕と、老博士は、囁《ささや》き合った。だが、難破船にしては、船体がガッチリしている。太い烟突《えんとつ》から、黒煙を吐いてはいないが、まさか、面白《おもしろ》半分に海洋を流されているのでもあるまい。しかも近づいてくるにしたがって、いよいよ不気味に感じられる。

「幽霊船だ」誰かがまた、恐怖に顫《ふる》えた声で叫んだ。

「幽霊船？」僕は、おもわず聞き返した。

「難破船の乗組員が、みんな死んで、その亡霊が船を動かしているということを、物語にきいたが、あの船は、それにちがいない」

「それは、船乗たちの迷信さ」

老博士は、一笑に附したが、

「博士、ひょっとすると、幽霊船かもしれませんよ」

「ハハハハハハハ。君までが、……」

そういううちにも、死の船、――幽霊船は、意識してか、だんだんと方船《はこぶね》の方へ近づいて来る。

おお、死の船？　恐怖の船？……

船と船とが、すれ違いになったとき、方船は黒船の舷側《げんそく》にぴったりと吸付いてしまった。いや、吸付いたとみたのは、汐《しお》のために、舷々《げんげん》相摩《あいま》したのだ。方船の生残者たちは、「あッ！」と一斉に叫んで、身を避けようとしたので、方船は一方に傾いて、危うく顚覆しそうだった。

僕は、恐怖と好奇の眼で、幽霊船の甲板を見上げた。それは僕がかつて恐ろしい目にあった虎《タイガー》丸《まる》だ。約三ケ月目で相会《あいかい》したどろぼう船だが、もう舷側にはカキ殻が夥《おびただ》しく附着し、甲板には人影もなく、船体から烈《はげ》しい臭気が発散している。「博士、死の船です。幽霊船です。甲板から不気味な妖気《ようき》が立っています」

「うむ」と、老博士も好奇の眼を上げた。

「君たちはどうだ。幽霊船を探ってみないか」僕は、生残った技術員たちに呼びかけたが、

彼等は、

「いや、真ッ平だ」

「あんな船に乗移ると、生命《いのち》が奪われる」

と、口々に呟いて、顫《ふる》えている。

「なんだ、意気地《いくじ》なし」

僕は、虎丸の舷側に垂れ下っている、タラップの端をつかんで、足をかけ、猿のように甲板へ登って往《い》った。老博士はと、振《ふり》かえると、彼もまた勇敢に、タラップを登ってくる。

中甲板には、五つの屍骸《しがい》が、ごろごろしていた。

「あッ！」あまりの恐ろしさに、おもわず叫んだ。

「博士！　あの生々しい屍骸をごらんなさい」

「なるほど、三ケ月も経過して、生々しい屍骸が横《よこた》わっているとは奇怪だ。まさしく幽霊船かな」

「博士、あれに倒れているのは、安南人《あんなんじん》の大男です。ごらんなさい。その男の胸が抉《えぐ》られています」

「なるほど、……惨酷《ざんこく》なことをしたものだな。亡霊の仕業《しわざ》かな」

「あッ！　博士。僕の味方が、やっぱり倒れています。船長附のボーイ、陳君《チャン》です」

「おお、あの少年が、陳君というボーイかい。無惨《むざん》な屍骸となって横たわっているではないか」

僕はつかつかと駈《か》けて往って、陳君の屍骸を抱き起そうとすると、突然、どこからか

「待て、その屍骸に触れてはならぬぞ」不気味な声。

僕は、おどろいて振かえると、いつのまにか、僕の背後に、白衣《びゃくえ》の白髪の怪老人が立っていて、右の人差指を突付け、物凄《ものすご》く、歯のない口をあけて笑った。

「あッ、おまえは、亡霊だな」立ち上って、身構えた。

「ハハハハハ。亡霊を退治に来たというのかい。なるほど、それもよかろう。……だが、その少年の屍骸《しがい》に触れてもらいたくはない」

「何故《なぜ》だ」

「おまえの味方だが、また、わしの愛するモルモットじゃ。一指《いっし》も触れてはならぬぞ」

「黙れ、亡霊！」

「いや、わしの実験の済むまでは、一指も触れてはならぬのじゃ。強《し》いて、屍骸に近寄ろうというのならば、おまえも、屍骸にしてやろう」

「……」不気味なその一言に、ぎゃふんと参ってしまった。老博士は、二、三歩、怪老人の方へ進み寄り、

「実験といったね。何の実験かね」

「つまり、科学の実験なのじゃ」

「えッ！　科学」

「そうじゃ。亡霊が、死の船の甲板で、科学の実験をするとは、奇怪だとおもうだろう。わしは生きた人間を料理する科学者だが、みだりに生きた人間を取扱うと、陸では、法律上の罪人となるからのう」

「なるほど」

老博士は、更に二、三歩、前へ進んだ。怪老人は、ガラスのような眼で、相手を見て、

「そこで、わしは、実験室を、北洋のどろぼう船に選んだのじゃ。わしは、船医に化けて、この虎丸《タイガーまる》に雇われ、横浜から乗船した。そして、生体解剖《せいたいかいぼう》の実験の機会《チャンス》を狙《ねら》っていたのじゃ。するうち、それにいるボーイたちが、わしのために、絶好の機会をつくってくれたのじゃ。そこに斃《たお》れている少年の心臓が、ピストルに射貫《いぬ》かれ、打砕かれたのを摘出し、それにいる安南人の健全な心臓と取替えたのじゃ。すると、どうじゃ。少年の屍骸は、たちまち、むくむくと起き上ったのだ」

「うむ。……しかし、少年は、屍骸となっているのではないか」

「待ちたまえ。心臓の入替を実験するだけではなく！　そのあとで、もっと重大な実験をなしたのじゃ。人間の生命を永遠に保存することだった」

「えッ！　生命の保存？……それは、考えられぬことだ。空想に過ぎない」

老博士が叫ぶと、怪老人は、冷《ひや》やかに笑って、

「空想が実現した例は、むかしから無数にある。まして、わしの、生命保存の真理は、空想ではなく、三十年来の実験の結果、到達したものじゃ。わしは、一旦《いったん》死んだ少年の、左胸部を抉って心臓を取替えて蘇生《そせい》せしめたので、少年の生命は、わしの所有といってよい。そこで、蘇生した少年に、わしの創案した防腐剤を注射し、そして、ふたたび殺してみたのじゃ。なるほど、少年は死んでいる。が、それは、仮死の状態にあるので、生命は、永遠に保存されてあるのじゃ」

「うむ。……事実とすれば、まさしく科学の奇蹟《きせき》じゃ」

「どうじゃ、疑うなら、もう一度、少年の屍骸に息を吹込んで見ようか」

「どうか、やって下さい」僕はわれを忘れて叫んだ。

「よろしい。おまえたちの眼の前で、屍骸が、立ち上るだろう。さっそく実験してみよう」

◆屍骸《しがい》が動く

白衣《びゃくえ》の怪老人は、そのまま船室の方へ消えたが、再び現われたとき、例の大きな鞄《かばん》を抱えてやって来た。「これが、わしの玉手函《たまてばこ》じゃ」彼は、不気味に笑って、陳《チャン》君の屍骸《しがい》の方へ、よろよろと近より、白衣の腕をまくり、鞄から、幾本かの注射器を取出し、屍骸に手をかけた。

「その辺に、ごろごろしている屍骸をみるがよい。三ケ月の漂流で腐敗して、形は崩れているはずだのに、そのように生々しいのは、わしの創案した防腐剤のおかげじゃ、少年の身体《からだ》に防腐剤を解消するために、ベツな注射を幾本か施すのじゃ」

「では、ほかの屍骸にも、その注射を施すと、みんな生き還《かえ》りますか」僕は、不安になって訊《たず》ねた。みんな生き還ったら、どんなにまた暴れるかしれないと、おもったからだ。

「いや、ほかの奴等《やつら》は、死んだものに防腐剤を施したのだから、肉体のみを防腐したに止《とど》まって生命《いのち》は再び肉体に還っては来はせぬ。この少年は、生きたまま防腐剤を施したのじゃから、それを解消すると、この白蠟《はくろう》のような顔が、忽《たちま》ち紅潮してくれるだろう」

「はやく、注射して下さい」

「よろしい」

怪老人は陳《チャン》君の屍骸の腕に幾本か注射を試みた。

「これでよろしい。見ていたまえ。屍骸が動き出すであろう」僕も、老博士も、非常な興味を覚えて陳君の屍骸に注目した。

五分、十分、十五分……と経《た》つうちに、やがて、白蠟のような屍骸の顔に、血の色がさして来た。

「おお」老博士は、低く呻《うめ》いた。こんどは、眉毛《まゆげ》が微《かす》かに動いた。手足が、ビクリビクリと微動した。

「おお、陳君！」僕は、おもわず叫んで、屍骸に駈《か》け寄ると、怪老人は、手をあげて制し、

「静かに、静かに」用意の葡萄《ぶどう》酒を二、三滴、屍骸の口へ垂《た》らしてやった。すると、陳君は、眼をひらいて、四辺《あたり》をきょときょと見廻した。

「おお、気がついたか。わしだよ」怪老人は、陳君の顔を覗《のぞ》いた。

「ああ、先生！」

「おまえの友人が、見舞に来てくれているぞ」

「えッ！」陳君は、顔をあげて、僕を見た。

「おお、陳君！　僕だ、僕だ」

「おお　山路君！」陳君は、余りの悦《うれ》しさに、涙をいっぱい両眼に湛《たた》えて、

「よく、無事でいてくれた」僕も、感激の涙を流して、陳君の手を固く握りしめた。

怪老人と老博士。これもまた、感激に身を顫《ふる》わしながら、手を握り合った。

「あなたは世界最大の科学者です」これは老博士だ。

「ありがとう」白衣の怪老人は、少年のように、羞《はに》かんで応《こた》えた。

「あなたを、亡霊とおもったのは、われわれの不明でした」

「いや、亡霊であるかもしれない。何故《なぜ》なら、この船は、足を失った死の船だからねえ」

「そうだ、死の船！」

「わしは、人間の心臓を取替えることが出来、死んだ人間を生き還らせることさえ出来るが、死んだ船を蘇生《そせい》さすことは出来なかったよ。ハハハハハ」

なるほど、この偉《すぐ》れた生理学者は、黒船の心臓を生かすことは出来ないのだ。僕は、

「博士、あなたは、人造島をつくった方です。人造島の心臓部の設計をしたぐらいですから、この黒船の故障を直せるでしょうね」

と、老博士にいうと、陳君は、それを引取って、

「そうだ。この船の心臓部の故障を直していただくと、僕は機関士、山路君に運転士、たちまち船を動かして、一路、日本の横浜へ直航が出来ますぜ」

怪老人も、肯《うなず》いた。

「なるほど。人間の心臓の手入れは、わしの得意とするところじゃが、船の心臓の手入れは、博士におねがいするとしよう」老博士は、とうとう、機関《エンジン》の修理を押付けられてしまった。

「炭水はあるかね」

「あります。この三ケ月、一塊《ひとかたまり》の石炭も使わなかったので」

「機械油は？」

「それも十分です」

「ではひとつ、心臓の手入れをしてみようか」老博士は、やっと腰をあげた。陳君は、僕に向って、

「君は、また運転士だぜ。すぐ用意をしたまえよ。博士の修理が出来たら、僕は、すぐに機関を動かしてみせる。そのまに、石炭を汽罐《かま》に放り込んで置こうか」気の早い陳君は、逸早《いちはや》く昇降口から姿を消してしまった。

◇魔の海！　魔の海！

果して、数時間ののち、幽霊船虎丸《タイガーまる》は、運命の方船《はこぶね》を、海洋に捨て、単独で動き出した。心臓部の機関が、軽快な響きを立てて回転し、太い煙突からは、海洋を圧するような黒煙が吐き出され、十五節《ノット》の速度で、西に針路を執《と》って航行しはじめた。僕は、得意満面

である。西へ！　西へ！　西方には、祖国日本が横《よこた》わっている。

僕は、運転室で、やたらに口笛を吹いた。

数ケ月前、横浜埠頭《ふとう》で、ハマの船員たちに騙《だま》されて、密猟船虎丸のボーイとして乗船した僕が、今は、素人《しろうと》ながら、一等運転士の貫録をみせて、納り返っているなど、まったく夢のようだ、どろぼう船の奴隷が、どろぼう船を分捕《ぶんど》って祖国へ凱旋《がいせん》するのだ。僕は、運転室で、得意になって口笛を吹いていたとき、ふとコンパスが狂いだしたのを発見して、

「あッ！」と低く呟《つぶや》いた。コンパスが狂ったのは、コンパス自身の罪ではなく、何かの、見えぬ力が、船の進行を邪魔しはじめたからだ。機関《エンジン》の狂ったのでも、汽罐《かま》が破裂したのでもない。船が、急湍《きゅうたん》のような、烈《はげ》しい潮流に乗って、目まぐるしい迅《はや》さで、一方向に急進しはじめたからだ。

「魔の海！　恐ろしい魔の海だ」僕は、それを知ると、急いで船首を急回転させようと焦った。

が、魔の海の潮流に逆《さから》うことは不可能だった。船は、急湍に乗り、ぐんぐん魔海に進んでいる。コンパスは狂いつづけ、舵機《だき》や、スクリウは、僕の命令に従わない。僕は、把手《ハンドル》から手を離し、呆然《ぼうぜん》として腕組みした。

そこへ、老博士や、怪老人や、船に収容した生残りの技術員たちが駈《か》けつけて来た。

「どうしたのだ」

「運転士！　どうしたんだ」

人々は、口々に叫んでいる。僕は、悲痛な声をしぼって、

「船が、おそろしい潮流に乗ったのです。魔海の底に引《ひき》ずられて往《い》きます」

「えッ！」人々はおどろいて前方へ視線を投げた。

おお急湍のような潮流の落つくところは、まさしく魔の海。そこは海洋の真只中《まっただなか》の大鳴門《おおなると》だ。約一海里平方ぐらいの海が、大渦巻をなして、轟々《ごうごう》と物凄《ものすご》いうなりをあげている。

「あッ！　大渦巻だ！」「人をも、船をも、一呑《ひとの》みにする魔の海だ」

生残りの技術員たちは、口々に叫んで、船橋《ブリッジ》から転げ落ちるように、甲板に降りて、なおも、

「大渦巻だ！」

「救《たす》けてくれ！」

と、狂おしく叫び、右往左往している。さすがに、二人の科学者は、自若《じじゃく》として、一語も発せず、前方に横《よこた》わる物凄い大鳴門に、じいと眼を据《す》えた。

「博士。あなたは、この船の船首を転回させる方法を考えているのですか」

怪老人の生理学者は、ようやく口を開いた。

「いや。わしも、手の下しようがなく、呆然としているよ。しかし、何という壮観だろう。あの大きな渦巻は……」

「まったく。太平洋の真ン中に、こんな大鳴門《おおなると》があるとはおもわなかった。潮流は、四方から、急流をなして、あの大渦巻に、吸寄せられているさまは、見事なものですな……」

人々の驚愕《きょうがく》、悲鳴をよそに、二人の科学者は、泰然として、世にも不思議な海洋中の大渦巻に見惚《みと》れている。僕は、恐怖を忘れて、二老人の顔をみた。

おお、そういううちにも、狂おしい潮流は、いよいよ急激に、凄《すさ》まじい唸《うな》りをあげて、魔の海の大渦巻の中へ、幽霊船虎《タイガー》丸《まる》を、一呑みにとばかり、引《ひき》ずり込んで往く。今度こそは、万事休矣《ばんじきゅうす》！

五　海洋の大渦巻

◆狂う人々

僕等を乗せた幽霊船は、不思議な大鳴門《おおなると》に吸い込まれ、大きく輪を描いて、ぐるぐる船首を独楽《こま》のように回転しはじめた。

一海里平方もあろうという大渦巻だから、外側をぐるぐる廻っているあいだは、甲板にある僕等も、さほど怖《おそ》ろしいとはおもわないが、だんだん内側の方へ吸い寄せられ、大渦巻の中心点をぐるぐる回転するようになると、その速度が、あまり迅《はや》く、めまぐるしくなって、甲板に立っていられなくなった。

「おお」「おお」技術員たちは、甲板に腹匍《はらば》いになり、半狂乱になって、哀叫している。

僕も、陳《チャン》君も、二人の科学者も、甲板に立っていられないので、それぞれ柱や、縄《ワイヤー》に取《と》りすがり、振落されるのを避けながら、互に顔を見合った。

急速度の回転のために、何だか頭が狂いそうだ。このまま気が遠くなって死んでしまうにちがいない。空も、海も、船も、人も、ぐるぐる狂い廻っているので、頭の中も、心臓も、血も、ぐるぐる狂い廻っているようだ。

「諸君、このままだと、われわれの生命《いのち》は、三日と保《も》つまい。人間の肉体は、この急速度に対抗できても、心理的に疲れて、気が狂うか、もしくば心臓が破裂するだろう。まず、宿命とあきらめるのだね」生理学者の怪老人は、檣《マスト》から張られた縄に取《とり》すがりながら、冷たい言葉を吐いた。

「機関《エンジン》をうんとかけて、渦巻の反対の方向へ舵《だ》機《き》を廻したら、少しは、急速度な回転を緩めることは出来ませんか」陳君は、機関士らしいことを云《い》った。

「それは、徒労さ。この物凄《ものすご》い渦巻に反抗してみろ。舵機はまたたくまに折れ、船も真二つになりかねないよ」物理学者らしい老博士の答えだ。

「幽霊船と運命を倶《とも》にしたくないなら、この船を脱《のが》れることだね」陳君は僕に囁《ささや》いた。

「この魔の海を、どうして脱することが出来る?」

「さア、そいつは、僕の頭では考えられない。……あなたは、この幽霊船を脱することを、思案しているのではないのですか」陳《チャン》君は、怪老人に訊《たず》ねた。生理学者は、歯のない口を開いて笑った。

「ハハハハハ。心臓の入替なら、いつでも御用に応ずるが、宿命の大渦巻を脱れる工夫は、わしの手腕力量ではないね」「ほんとうに、絶望ですか」

「そうだね。三日間の生命といったが、あるいは、きょう明日にも、気が狂うかも知れない。見給《みたま》え。あの方船《はこぶね》の生存者たちは、すでに気が狂っているではないか」なるほど、彼等は、もう沈着、自制を失って、甲板上で、狂おしく泣き叫びながら、お互の身体《からだ》を引掻《ひっか》いたり、叩《たた》き合ったりしている。

「おお、あいつ等は、もう気が狂いかけたのか」

僕は、暗然となった。僕等もまた、ほどなく、気が狂い、心臓が破裂して、幽霊船と、運命を倶《とも》にするのか。

恐ろしい一夜が明けた。

幽霊船は、相変らず、大渦巻の中心を、独楽《こま》のように、急速度に回転している。

睡眠不足と、心理的な疲労のために、僕は、まだ正気なのかどうかを疑って、四辺《あたり》を見廻した。

二老人も、陳君も、ゆうべと同じ箇処で、宿命の死を待っている。彼方《かなた》の中甲板をみると、約半数は、すでに気を失って、海賊たちの屍骸《しがい》に折重って斃《たお》れ、あとの半数は、わずかに手足を動かして藻掻《もが》いているが、もう正気の沙汰《さた》ではない。

僕は、しかし正気だ。まだまだへこ垂《た》れない。陳君はと見ると、彼も、唇を噛《か》みしめながら、じいと堪《こら》えている。二老人も、沈痛な顔に、疲労の色をみせているが、二人は、最初から宿命とあきらめているので、気を失うことはない。

「どうして、僕等四人だけが、気が狂わないのだろうか」僕は、陳君に訊ねた。陳君の答えは、頗《すこぶ》る明快だ。

「君は、日本人だろう。日本人は、鉄のような心臓を持っているからだ」

「では、二老人は？」

「二老人は、ドイツの科学者だ。ドイツ人の沈着、剛毅《ごうき》な精神力が、この心理的な残虐に堪《た》え得るだろうとおもう」

「なるほど……君は？」

「僕は、中国人だ。東洋人は、概して西洋人よりも心臓が強健だ。けれど、日本人にはかなわぬよ。しかし、僕は、安南人《あんなんじん》の巨《おお》きな心臓を移し植えられたので、そこで、君の鉄の心臓に負けないくらい強いのだ」しかし、いくら剛毅《ごうき》な精神の所有者でも、鉄の心臓の持主でも、この離局を打破ることは出来ないだろう。技術員たちより、一日か二日生延《いきの》びるだろうが、やがて、同じ運命に陥るのはわかり切っている。

「どうだろう。この船から、海中へ飛込んで見たらどうだろう」と、陳君は奇抜なことを云《い》う。

「すると、どうなるかね」

「海へ飛込んで、海中深く潜りながら、大渦巻の圏外へ脱れるのさ。僕は、鉄の心臓の所有者だから、一気に脱れ出られるとおもうよ」「だが、この大渦巻は、表面だけではないのだぜ。きっと、海底まで、渦を巻いているよ。だから、海へ飛込んで見給え。忽《たちま》ち、海中へ捲《ま》き込まれるにきまっているさ」

「なるほど。そうだ」先刻から、何事かじいっと考え込んでいた老博士は、僕等に向って、

「君たちは、それほど、生きたいのか。……では、この幽霊船を脱れる工夫をするがいい」

「それが出来ますか」陳《チャン》君は、息をはずました。

「君は、海へ飛込もうといったが、それは無茶だ。海よりか、大空へ脱れる方が、はるかに容易じゃないか。大空には、こんな渦巻がないだろう」

「ああそうだ。大空へ脱れよう。……でも、博士。翼もない僕等は、どうして大空へ脱れることが出来ますか」

「それを考えるのさ」老博士は、泰然として云った。

◇別離の悲しみ

僕は物凄《ものすご》く渦巻く海面を見ていて、悠々とひろがる大空を見上げなかったのだ。海上を脱《のが》れ出ることが不可能だとあきらめる代りに、大空は、僕を救おうとして、手を伸《の》べて待っている。こう考えたとき、僕は、独楽《こま》のように、ぐるぐる廻る幽霊船の甲板で、大空へ脱れ出る方法について、工夫を凝《こら》すだけの、心の余裕を生じた。

老博士の指図にしたがって、一個の飛行機を建造しつつあるのだ。飛行機！　冗談いっちゃいけない。飛行機をつくる材料など、何一つない、北洋通いのどろぼう船ではないか。空想しただけでも、おかしいではないかと、笑うかも知れない。では、飛行機といわず、単に飛翔機《ひしょうき》といおう。幽霊船の甲板で、独楽のように、ぐるぐる廻りながら、苦心惨憺《さんたん》して製作しているのが、飛翔機だ。いやむしろ、風船といった方がいい。

幸い、二人の科学者が、協力してくれる。科学者は、不可能なことを可能ならしむるに妙を得た神人だ。殊に老博士は、人造島を創案した大科学者だ。彼は幽霊船中にある帆布《はんぷ》や、麻布を、僕等に集めさした。それを縫合《ぬいあわ》すのは、生理学者の怪老人の仕事だった。そのままに、僕等は、船内を隈《くま》なく探し廻って、蠟《ろう》や、ゴム類を夥《おびただ》しく集めて来た。

「それを、麻布に塗りたまえ」

老博士の命令どおり、たんねんに麻布に塗った。

まもなく長さ数メートルの大きな蠟塗りの麻袋が出来上った。それに幾本かの麻縄《ロープ》を結び、その端《はし》に、ハンモックを取付けた。

「これでよい。この原始的な飛翔機で、大空へうかび上るのだ」

老博士は、満足げに云《い》った。

「でも、博士、この麻袋の中へ、瓦斯《ガス》を塡《こ》めなければ浮びませんよ」

「勿論《もちろん》さ。瓦斯の代りに、冷凍室で使う圧搾《あっさく》空気を入れたらいい」

「ああ、そうだ圧搾空気をつくろう」

僕は、悦《うれ》しげに叫んだ。

烈《はげ》しい風が吹いていた。風船を空に浮べるに絶好の日だ。

陳君は、この日朝から汽罐《かま》を焚《た》いた。蒸気が機関のパイプに充満すると、動力をはたらかして、圧搾空気をつくった。それを甲板まで導いて、麻布の風船の中へ充塡《じゅうてん》した。

天佑《てんゆう》か、奇蹟《きせき》か、大きな麻袋は、大きくふくらみ、空へ飛翔せんとて暴れ廻る。その口を固く結んで、縄を船橋《ブリッジ》の柱へ縛りつけた。

「おい、はやく、ハンモックへ乗りたまえ」

　老博士は、僕等を促した。

「博士は？」僕は訊《たず》ねると、彼は叱《しか》りつけるように、

「この、不完全な風船に、われわれが乗れやしないじゃないか」

「でも、僕等だけ……」

「何を云うのか、おまえたちは、前途有為な少年じゃ。この魔の海を脱れなければならないが、われわれ老人は、もう任務が終ったので、この幽霊船と運命を倶《とも》にするのじゃ」

「そうだ。君たち少年だけで、大空へ脱れたまえ。わしと、博士とは、従容《しょうよう》して、君たちを送るよ」怪老人も、僕等を促す。

「それはいけません。僕等は、あなた方を見殺《みごろし》には出来ません」

「またそんなことを云う。この風船は、四人の人間を乗せることが出来ないのだ。君たち二人が乗っても、危険なくらいだ。が、この船で死ぬよりか、ましだとおもって乗りたまえ」

「でも」

「まだ躊躇《ちゅうちょ》するか。いかん。せっかく充填した圧搾空気が効力を失い、浮揚力を失ってしまうじゃないか。それ、もっと圧搾空気を塡《こ》めろ」

ふたたび、圧搾空気を、風船に塡めた。

「さあ、一刻もはやく、ハンモックに乗りたまえ」

「……」僕等は、もう拒むことも出来ず、ハンモックに乗った。

「博士、では」

「先生！　きっと迎えに参りますよ。それまで生きていてください」僕等が、涙ぐみながら、口々に叫んだとき、船橋《せんきょう》の根元の柱に縛りつけてあった麻縄《ロープ》を、怪老人は解いた。おお、果して、この不完全な風船は、大空に浮き上った。

「博士。さよなら」

「先生！　御壮健で……」あとは涙。甲板上の二老人も、両眼に涙を湛《たた》えて、

「おお、元気な日本の少年よ。中国の少年よ。必ず祖国へ帰れよ」

「圧搾空気は瓦斯《ガス》のようなわけにはいかぬから、やがて風船の浮揚力は失うが、それまでにこの魔の海を脱れ出るがよい。運命の風よ。強く吹け」口々に叫びながら、多難な前途を案じ顔だった。

幸いに、風が強く、僕等をのせた怪しげな風船は、幽霊船の上空を離れて、大渦巻の圏外へ吹き飛ばされようとする。

「さようなら……」

「さよなら！」僕も、陳君《チャン》も、泣きながら叫んだ。

◇風船の墜落

僕等を乗せた風船が、風に吹きつけられて、やっと、大渦巻の圏外を脱したとおもうころ、予期したとおり、いや案外にはやく麻袋の風船は、浮揚力を失って、大海原に墜落した。

「あッ！」僕も、陳君《チャン》も、絶望の叫びをあげた。

が、ふしぎにも、僕等は、それなり海底へ沈まなかった。

「おや」「おや！」

横に倒れたまま、海に墜落した風船は、海底に沈まず、ふわりと浮んだままだ。

二人とも、水に溺《おぼ》れかけながら、顔を見合った。

「風船が水に沈まないぜ」

「ほんとうだ。……麻袋に蠟《ろう》を塗ってあるからだろう」

「それにちがいない。試しに、あの風船に乗って見ようか」

「よかろ」二人は、ハンモックを離れて、畳のように海面に拡《ひろ》がった風船に這《は》い上った。大きな麻袋なので、二人を乗せても平気だった。

「天佑天佑《てんゆう》」僕らは手を拍《う》ってよろこんだ。

「思慮の深い博士の考案だ。これくらいのことは当然だろう」

「まったくだ。こいつは、まるで革の船みたいだね」救《たす》かったとおもったら、急に眠くなった。

二人は、風船の浮船の真中ごろに陣取って、横になった。

「お腹《なか》が空《す》いて、ぺこぺこだ」僕がいうと、陳君は、

「贅沢《ぜいたく》いうなよ。あの大渦巻に捲《ま》き込まれて、独楽《こま》のように廻っている老博士たちのことを考えたら、贅沢は云《い》われないぜ」

「そうだ」

「怪老人も、博士も、じつに偉大な科学者だ。あの魔の海で死なしたくはないね」

「まったくだよ。僕は、何とかして救《たす》けてあげたいとおもっている」

「そうだな。何とか、この辺で、飛行機にでもめっからないかな。そうすると、飛行機の人に救助して貰《もら》うンだが……」

「そんな旨《うま》い具合にいくものか」

「でも、運命って奴《やつ》は、わからんよ。こうして漂流しているうちに、ひょっとして、この上空を飛行機が通らぬとも限らんよ」

「夢みたいな話さ」

「そうかなア」二人は疲労のためにうとうとした。

と、意外意外、それから数時間ののち、その日の夕方、僕等の漂流する上空はるかに、壮快な飛行機のプロペラの音がきこえはじめたではないか。「あッ！　飛行機だ」

「そら見ろ。とうとうやって来たではないか。万歳！　万歳」

僕は、雀躍《こおどり》して叫んだ。

◆空《むな》しい救助

僕等を救助した飛行機は、祖国日本の大型海軍機だった。

遠洋における耐空試験をやっていて、奇妙な革船に乗って漂流する僕等を発見したわけだ。

やさしい海軍の飛行将校たちは、僕等を救助し、飛行機に乗っけてくれたばかりでなく、いろいろ珍しい携帯糧食を、頒《わか》ち与えてくれた。固型寿司《ずし》や、水玉のように、ごむ袋の中に入った羊羹《ようかん》は、とても美味《おい》しかったので、舌鼓《したつづみ》を打つと、将校の一人は、

「小僧、そんなに旨《うま》いかい」顔を覗《のぞ》き込んだ。

「だって、随分お腹《なか》を空《す》かしているンですよ」

「だが、そんなに食べると、胃袋がびっくりするぜ」

「閣下」僕は、将校の一人に、こういうと、

「ハ……。閣下はありがたいな……」

と、笑われた。海軍大尉は、閣下じゃなかった。

「では、訂正します。大尉殿。僕等を救《たす》けて下すってありがたいが、ついでに、もう二人救けて下さい」

「もう二人？」

「そうです。いまもいったとおり、魔の海の大渦巻に捲《ま》き込まれた、幽霊船にいる、二人の科学者を、一刻もはやく救助して下さい。この大型の飛行機は、まだ二人ぐらい収容できましょう」

「おう、その二人か。むろん救助したいが、その渦巻く大鳴門《おおなると》の方向が、小僧には、わかるかい」

「さア……夢中で脱《のが》れて来たので、方向は、わかりませんが、あまり遠くはないですよ」

「そうか、よし来た」元気一杯な操縦士の返事だ。

長距離飛行に耐ゆる、わが優秀な海軍機は、僕等を乗せて、割合に低空を飛んだ。東に、西に、南に、北に……。海洋の魔所……大鳴門《おおなると》の所在を探し廻ったが、なかなか発見できない。

「何だ、小僧。大渦巻なンか、この近海にありゃしないじゃないか」

「でも、たしかに僕等が、そこを脱《ぬ》けて来たのです」

「夢でも見たんじゃないか」

「そんなことは、ありません」

「とにかく、もう少し探し廻ろう。暗くならないうちに探し当てなければ、救助が出来ないからなア」

なおも、低空をつづけているうちに、何処《どこ》からか、ごうごうという物凄《ものすご》い音がきこえて来た。

「それ、閣下、大鳴門の音です」

僕はまた、閣下といってしまった。

「ほいまた閣下かい。ハハハハ。おおなるほど、凄《すさ》まじい音だな。ああ、大渦巻だ」と、叫んで下界を見おろした。なるほど一海里平方もあろうという面積の海上が、大きく、烈《はげ》しく、凄まじく、渦を巻いている。外側はゆるやかに、中心になるにしたがって、急速度に、水がぐるぐる渦巻いている。

「おお、これは壮観」

「こんなところに、こんな難所があるとはおもわなかった」将校も、操縦の下士も、あまりの物凄さに、暫《しば》し見惚《みと》れた。

「はやく、博士たちを救って下さい」

「はやくしないと、死んでしまいます」

「よし来た」将校は、大きく肯《うなず》いて、もう一度渦巻の中心とおぼしい下界を見おろしたが、

「小僧！　幽霊船が、いやしないいじゃないか」

僕も、陳《チャン》君も、びっくりして下界を見おろすと、なるほど、大渦巻の中心に、捲《ま》き込まれて、独楽《こま》のようにぐるぐる廻っているはずの、死の船——幽霊船が、姿を見せないではないか。

「どうだ。小僧！　やっぱり、おまえたちの夢だ」

「いいえ、たしかに、あの大渦巻に捲き込まれていたのです。僕等は、その幽霊船の甲板から、風船で脱れたのです。博士たちは、船に残っているンです。救《たす》けて下さい」陳君は、

った。
「だって、幽霊船が、一向に見当らぬではないか。どうしたというンだ」
いくら、低空を旋回してみても、渦を巻く海上に、幽霊船の姿を見出すことが出来なか
寂しげに云《い》った。
「ああ、やっぱり、ほんとうの幽霊船だったかもしれないね」
とうとう、陳君は、こんなことを呟《つぶや》いた。
「じゃ、君は、あの怪老人を、あの偉大な生理学者を、亡霊だったというのかい」僕は、
聞返すと、
「だって、妙じゃないか。幽霊船が、やっぱり、ほんとうの幽霊船なら、あの白衣《びゃくえ》の老人
も亡霊にちがいないよ」
「じゃ、君だって、亡霊かい」
「どうして？」
「君は、あの船の甲板で、豹《ひょう》のような水夫のために、左胸部を背後から射貫《いぬ》かれて、死ん
だのじゃないか。僕は、たしかにそれを目撃したのだ。だのに、また生き還《かえ》るなンか、ふ
しぎだよ。やっぱり、亡霊かもしれないよ」
「そ、そんなことがあるものか。僕は、いったんは殺されたが、あの白衣の老人の手術で、

心臓を取替てもらって生き還ったのだ」

「じゃ、白衣の老人の腕前を信じることが出来るだろう。そしたら、あの人を亡霊というのはまちがっている。君が亡霊でないなら、あの科学者だって亡霊じゃないよ。もちろん、人造島をつくった博士だって、亡霊じゃない」

「うむ……。可笑《おか》しいね。何が何だか解《わか》らなくなって来たぞ。……待てよ。じゃ、あのど、い、い、ろぼう船だけが、亡霊だったのかもしれないね」

「それなら、僕もそうおもうね。渦巻く海面から、忽然《こつぜん》と消えて無くなるなンか、やっぱり幽霊船だった」そのまに、飛行機は、もう可成《かな》り遠くまで飛んでいた。

「大尉殿。もう一度、あの大渦巻の中心を探して下さい」僕は、あきらめ切れず、そう云うと将校は、

「いくら探しても無駄さ。あのとおり、八ツの眼で、下界を隈《くま》なく探したが、見つからなかったのだから、もうあきらめた方がいいぜ」

「でも、あの科学者が、行方不明になったのが、ほんとに惜しいンですもの」

「われわれだって、惜しい人物を、魔の海で失って、残念におもうよ。何しろ、人造島をつくった博士や、心臓を入替たり、生命《いのち》を永久保存することを発見した大科学者だからね」

「それに、僕等の恩人です」

「まったくだ。しかし、幽霊船の犠牲になって、あの大渦巻に吸込まれ、海底深く没してしまったのだから、あきらめるより外《ほか》はあるまい」

「ひょっとすると、博士たちは、火薬を爆発さして沈んだのかも知れませんよ」

「うむ、そうかも知れん……君たちも、うんと勉強して、将来御国《みくに》のために、人造島ぐらい、わけなくつくる大科学者になってくれることだね。世界人類のために、生命《いのち》の保存法を、君たちこそ、ほんとうに発見してくれるンだね」

「僕は、きっと、人造島を発明します」

「僕も、心臓の入替なぞ、平気でやれる大科学者になって見せるよ」といった。将校は、肯《うなず》いて、

「うん。それでこそ、死んだ二人の科学者の、恩に報いられるのだ。しっかりやってくれ」

「はい」「はい」海軍機は、すでに、魔の海――大渦巻の上空を去って、夕靄《ゆうもや》の深く鎖《とざ》した大海原《おおうなばら》を、西方指して飛んでいる。

「大尉殿」僕は、訊《たず》ねた。

「何だ」

「この海軍機は、ドイツから輸入したのですか」

「いや、国産だよ」

「へえ、素晴しいなア。こんな優秀機が、もう日本でも出来るンですか」

「出来るとも。もっと素晴しいのが出来かかっているよ。これは、東京帝国大学の航空研究所で設計したものだ。太平洋なぞ、無着陸で往復できるよ」

「ほう、愉快だなア」

「小僧たちも、うんと勉強して、これに負けない飛行機をつくってくれよ」

「つくるとも。大丈夫」

「何だぜ、もう、どろぼう船になンか、乗るんじゃないぜ」

「あれは、横浜《ハマ》で、船乗《マドロス》たちに騙《だま》されたのだよ。もう、北洋へなぞ往《い》かずに、うんと勉強するよ」

「よし。陳《チャン》君も、うんと勉強したまえよ」

「はい」

「中国も、日本と協力して、もっと強くならなくてはいかんなア。東洋平和のために、日本と協力して、進むンだなア」

「僕は、山路君の、忍耐と、勇気と、仁侠《にんきょう》に感動させられました。日本人と、中国人とは、兄弟のように仲好くなるのが、ほんとうだと、こんどの冒険旅行で、しみじみ感じました」

「それだ。それは、大きな収穫だった。山路君と陳君との友情は、やがて、日本と中国との永遠の友情の楔《くさび》となるのだ」国際優秀機は、太平洋の上空を、秀麗富士の聳《そび》える日本の空を目指して、悠々と飛んでいる。四ケ月余に亘《わた》る、怪奇な冒険旅行を終えて、故国へ帰る僕は、疲労も、眠気も忘れて、元気一杯、口笛を吹いた。

日本に帰ってから、人々に、老博士の人造島のことや、白衣《びゃくえ》の老人の心臓入替の話や、さては、幽霊船のことや、魔の海の大渦巻のことを物語ったが、誰も、それを信じるものが無かった。「そんな莫迦《ばか》なことがあるものか！」一笑に附してしまう。だから、どろぼう船を脱《のが》れて、巨鯨のお腹《なか》に乗っかって、漂流したなぞといったら、きっと、みんなは、吹き出してしまうだろう。僕は、目下、日本の有名な理学博士の主宰する化学研究所に助手として働いている。僕は、他日きっと人造島を発明してみせる。そのときこそ人々は、はじめて、僕の冒険談を、ほんとうにして聞いてくれるだろう。

✦パール文庫の表記について

古い作品を現代の高校生に読んでもらうために、次の方針に則って表記変えをした。

①原則として、歴史的仮名づかいは現代仮名づかいに改め、旧字体は新字体に改めた。
②ルビは、底本によったが、読みにくい語、読み誤りやすい語には、適宜付した。
③人権上問題のある表現は、原文を尊重し、そのまま記載した。
④明らかな誤記、誤植、衍字と認められるものはこれを改め、脱字はこれを補った。

✦底本について

本編「怪奇人造島」は、『少年小説大系　第八巻　空想科学小説集』（三一書房）を底本とした。

パール文庫《ぶんこ》

怪奇《かいき》人造島《じんぞうとう》

平成25年8月10日　初版発行

著　者　寺島柾史《てらしままさし》

発行者　株式会社 真　珠　書　院

代表者　三樹　敏

印刷者　精文堂印刷株式会社

代表者　西村文孝

製本者　精文堂印刷株式会社

代表者　西村文孝

発行所　株式会社 真　珠　書　院

〒169-0072　東京都新宿区大久保1-1-7

電話(03)5292-6521　FAX(03)5292-6182

振替口座　00180-4-93208

ISBN978-4-88009-603-2

Printed in Japan

カバー・表紙・扉デザイン　矢後雅代

イラスト　亜乃餡助（代々木アニメーション学院）

「パール文庫」刊行のことば

「本」というものは、別に熟読することが約束事ではないし、ましてや感想文や批評をすることが必然なわけでもない。要は面白かったり、楽しかったりすればいいんだ。そんな思いで「本」を探していたら私が子供のころに読んだ本に出会った。

その頃の「本」は、今のように精緻でもなければ、科学的でもない。きわめていい加減だ。でも、不思議なことに、なんとなくのどかでほのぼのとして、今のものとは違うおおらかさがある。昔の本だからと言って、古臭くない。かえって、新鮮な感じさえするし、今とは違う考え方が面白い。だから、ジャンルを限定せず、勇気をもらえたり、心が温かくなるものをひろって、シリーズにしてみたいと思ったのが「パール文庫」を出そうと思った動機だ。

もし、昔の本でみんなに読んでほしいと思う作品があったら推薦してほしい。

平成二十五年五月